魔鬼與普里姆小姐

O demônio e a Srta. Prym

Paulo Coelho

保羅・科爾賀

周漢軍——譯

有一個官問耶穌說：良善的夫子，我該做什麼事才可以承受永生？
耶穌對他說：你為什麼稱我是良善的？除了神一位之外，再沒有良善的。
〈路加福音．第十八章第十八、十九節〉

序言

第一個關於分裂的故事來自古波斯：時間之神創造了世界，讓萬物一派祥和，不過，他感到缺少點什麼重要的東西——一個能一起共享這美好事物的伴侶。

千百年來，他祈求得到一個兒子。至於他向誰祈求了，故事沒有說，因為他是全能至高無上的主；即便如此，他還是祈求了，並最終受孕懷胎。

當知道自己如願以償後，時間之神又後悔了，因為他意識到萬物之間的平衡是很脆弱的。但為時已晚，兒子就要降生。他所能做的就是讓腹中的兒子一分為二。

故事說，回應時間之神的祈禱，善（奧爾穆茲德①）降生，伴隨時間之神的後悔，惡（阿里曼②）降生——一對孿生兄弟。

憂慮的時間之神竭力想讓奧爾穆茲德先出生，以便控制他的兄弟阿里曼，不讓他給世界造成麻煩。然而，惡精明能幹，就在出生的一剎那，推了奧爾穆茲德一下，搶先見到了星光。

時間之神很沮喪，決定為奧爾穆茲德創造盟友：於是人類誕生，它將和奧爾穆茲德並肩戰鬥，一起控制阿里曼，避免他掌管一切。

在波斯的傳說中，人類作為善的盟友而誕生，並按照慣例最終將獲得勝利。另一個分裂的故事是幾百年後才出現的，不過，卻是個翻版：人類成了惡的工具。

∞

我想大多數人都知道我在說什麼：一個男人和一個女人在伊甸園裡，無憂無慮，和諧美滿。只有一件事不許做——夫妻倆絕對不能知道什麼是善與惡。全能的上帝說：「只是分別善惡樹上的果子，你不可吃。」③

在一個晴朗的日子裡，蛇出現了，牠對他們說這果子比伊甸園還重要，應該去擁有這果子。女人拒絕了，說上帝說過，吃後必死，然而蛇卻說不會有事：恰恰相反，一旦哪天你們知道善惡，就與上帝無異了。

夏娃被說服，吃了禁果，還慫恿亞當也吃。自此，伊甸園裡的原始平衡被打破，兩人被逐出伊甸園並遭到詛咒。然而，上帝說了一句神秘的話，與蛇說的有異曲同工之妙：「那人已經與我們相似，能知道善惡。」④

在這一點上（正如那名雖說是絕對的主但仍要祈求的時間之神一樣），《聖經》也沒有解釋唯一的上帝是在和誰說話，而且既然他是唯一的——為什麼說「與我們」相似呢。

不管怎麼說，自誕生之日起，人類就被置於永恒的對立、分裂之中。如今我們同樣帶著祖先的疑惑；不時根據故事情節，借用一些流傳四方的相關傳說談起此話題，不失為本書之目的。

∞

以《魔鬼與普里姆小姐》作為結束，完成名為「在第七天……」的三部曲，其一是《我坐在琵卓河畔，哭泣》（一九九四），其二是《薇若妮卡想不開》（一九九八）。三部著作講述的都是平民百姓生活中的一週，在這七天裡他們遭遇了愛情、死亡和權力。我始終相信，不論是之於人還是社會，深刻的變化都是在很短的時間內發生的。挑戰總在意想不到的時候出現在眼前，檢驗我們變革的勇氣和意志；這時候，佯裝不知情或說沒有準備好都無濟於事。

挑戰不等人，時光不倒流。一星期時間足夠讓我們決定是否接受自己的命運。

二〇〇〇年八月於布宜諾斯艾利斯

大約有十五年了，老太太貝爾塔成天坐在家門口。維斯科斯的居民知道上年紀的人一般都這樣：懷念過去的時光和青春歲月，旁觀著已經不屬於自己的世界，有事沒事找鄰居閒聊。

然而，貝爾塔自有她坐在那裡的道理。不過，那天早上，就在她看見那個外國人緩緩爬上大斜坡朝小城裡唯一一家旅館走去時，她知道自己終於等到了。不像她一直想像中的人物，這個人衣服有些破舊，頭髮很長，鬍子也沒刮。

不過，他還有個同伴：魔鬼。

∞

「我丈夫說得有道理呀，」她自言自語道。「我要不是守在這裡，有誰會發現呢。」

最討厭的就是估計歲數，她猜想這人在四十到五十歲之間。「是個年輕人，」她在心裡說，而這種話只有老年人明白。她心裡暗忖著他會在這裡待多久呢，但想不出個所以然；也許不會很長，因為他只帶了一個小背包。有可能只住一晚，第二天就走，至於他去往何方，她無從知曉，也不關心。

即便如此，多年來她坐在家門口等著他到來的工夫沒有白費，這教會她如何去欣賞眼前山川的秀美——她以前從來沒有注意到這片美麗風景，道理很簡單，因為她生於斯、長於斯，見慣了周圍的景色。

不出所料，他走進了旅館。貝爾塔考慮是否去跟神父說說這位不速之客：不過神父可能聽不進去，只會認為是老年人少見多怪。

∞

好吧，那就拭目以待，看看到底會發生什麼事。一個魔鬼要造成什麼破壞，也就是轉眼間的事情——就像暴風雨、颱風、雪崩，能讓百年大樹毀於一旦。猛然間她領悟到，光是知道惡已進入維斯科斯⑤絕對改變不了什麼；魔鬼來來去去，有些事情不一定是受到它們的影響。它們在世上不停地遊蕩，有時只是想知道發生了什麼事情，而有時是為了考驗一下某個靈魂，然而它們毫無耐性可言，說變就變，隨心所欲。貝爾塔覺得維斯科斯沒有任何特別的地方能引起人們的關注，哪怕只是短短一天時間——更何況還是一個忙碌的魔鬼呢。

她想分分神，但那個外國人的影子總是揮之不去。本來還是豔陽當空，現在開始烏雲密布了。

「這也很正常嘛，這個季節總是這樣，」她心想。這和外國人的到來毫無關係，純屬巧合。

她聽到遠處一聲悶雷，連著又是幾聲。她一會兒想這雨要下來了，一會兒又想這小地方的古老傳統也許有道理，雷聲如同上帝發怒的聲音，在抗議人類漠視祂的存在。

「也許我該做點什麼。總而言之，我所等待的終於來了。」

她留心看了看四周；黑雲繼續朝這座小城壓下來，然而已經聽不到任何聲響。她這個善良的前天主教徒，不相信傳統和迷信，尤其不相信維斯科斯的傳統和迷信，它們根植於曾經統治此地的古老賽爾特人[6]的文明。

「雷鳴不過是一種自然現象。上帝要是想與人類對話，也不必這樣拐彎抹角。」

她腦子裡想著這些時，又是一道電閃雷鳴——這次距離非常近。貝爾塔起身收好椅子，在雨落下之前回屋裡去了——不過，她心中一陣戰慄，有一種莫名的恐懼。

「我該做什麼呢？」

她還是希望這個外國人趕快離開這裡；她太老了，已經無力幫助自己、幫助自己的村莊，或者說，主要是已經無力幫助全能的主了，因為，祂在需要幫助時，選的肯定是個年輕人。她在胡思亂想著；在這束手無策的情況下，她丈夫總想找什麼事來幫她消磨時間。

但不管怎麼說，她看見魔鬼了——是啊，對這一點她深信不疑。

她親眼目睹，他一身異國打扮。

這間旅館同時兼做紀念品商店、經營特色料理的餐廳，還開了間酒吧，維斯科斯的居民總愛聚在這裡談論五花八門的話題——諸如天氣如何，或是年輕人不喜歡自己的村莊啦等等。常言道「九個月的冬天，三個月的地獄」，意思是說要在九十天裡做完耕田、施肥、播種、守候、收割、儲存飼料、剪羊毛等所有營生。

這裡所有居民都明白他們固執地生活在一個早已被遺忘的世界裡；但即使如此，要他們說自己和上一代生活在這片大山中的農民、牧民是一脈相承的也不太容易。各種機器遲早要進來，牲畜將被飼養在很遠的地方，而且定時定量。這個小地方也許會被賣給某個總部設在國外的大公司，然後被改造成一個滑雪場。

此類事情在其他地方早已屢見不鮮，然而維斯科斯頑強抵抗——因為它與過去有約，有著祖先傳下來的傳統，教誨著居民們務必要抗爭到底。

∞

那個外國人仔細看了看旅館的表格，琢磨該怎麼填寫。聽他的口音，像是某個南美國家，於是他決定填自己是阿根廷人，因為他很喜歡那個國家的足球隊。表上還要求填住址，於是他就填上了哥倫比亞街，因為他覺得南美人都習慣用一些鄰國的名字給一些主要街道命名，藉以互表敬意。至於姓名，他選了上世紀一個著名恐怖分子的名字。

不出兩個小時，維斯科斯城內的兩百八十一位居民全都知道來了一個名叫卡洛斯的外國人，他出生在阿根廷，住在布宜諾斯艾利斯那令人愉悅的哥倫比亞街。這就是小城市的好處：不費吹灰之力，人們就會對他的個人情況瞭如指掌。

然而，這正中他下懷。

∞

他上樓進了自己的房間，把背包裡的東西都拿出來：只有幾件衣服，一套刮鬍器具，一雙替換的鞋，幾片防感冒的維他命，一本厚厚的記事本，還有十一根金條，每根重達兩公斤。由於緊張、爬山和負重，筋疲力盡的他躺上床就睡著了。不過，他在睡著之前沒忘記在門前頂了一把椅子，雖說他很清楚維斯科斯的兩百八十一位居民都值得信賴。

第二天吃完早餐後，他把要洗的衣服放在旅館的玄關裡，把金條裝進小背包，然後就朝村子東邊的山上走去。一路上，他只看到一個當地人，一個坐在家門前、好奇地打量他的老太太。

他鑽進樹林裡，側耳靜聽著，想讓自己的耳朵習慣蟲鳴、禽啼和風滑過樹枝的聲音。他知道，在這樣一個地方，說不定有什麼人在悄悄觀察著他呢，於是他差不多有一個小時沒有任何動作。

等他確信真要有什麼人也該看累了，沒看出什麼名堂也該走了，他就在一塊丫狀岩石旁挖了個坑，埋了根金條進去。然後他又往山上爬了一會兒，在那裡又待了一個小時，像是在沉思，在觀賞大自然，爾後他又找到另一塊岩石——這次的形狀像隻老鷹——於是他又挖了個坑，把剩下的十根金條全埋進去。

∞

在回程的路上，他碰到的第一個人是個坐在河邊的女孩，那條河是冰川融化沖刷出來的，在這地方很常見。她正在看書，這時她抬頭看了他一眼，然後又低頭繼續讀書，一定是她母親告誡過她不要和陌生人說話。

但是，陌生人來到一個新城市，有權和別人交朋友，於是他走上前去。

「你好，」他向她打招呼，「這季節不該這麼熱呀。」

她點了點頭。

外國人仍不甘心：「我想讓你看個東西。」

她文靜地把書放在一邊，攤開手自我介紹。

「我叫香塔兒，晚上就在你住的旅館酒吧工作。你沒下來吃晚餐，我覺得很奇怪，要知道旅館不只靠租金賺錢，還要靠客人的各種消費呢。你叫卡洛斯，阿根廷人，家住哥倫比亞街；全城人都知道了。因為現在又不是打獵季節，一個人來，一個頭髮花白、目光透露著老成持重、年近五十的人來到這裡，難免引起好奇。至於說讓我看什麼東西，我心領了，我對維斯科斯的一草一木都瞭如指掌；也許應該是我帶你去看看你從沒看過的地方才對，不過，我想你沒空。」

「我五十二歲，我不叫卡洛斯，所有登記資料都是假的。」

香塔兒不知如何回答。外國人接著說道：

「我不是想讓你看維斯科斯。是想讓你看你從沒看過的東西。」

她讀過許多關於女孩跟陌生人進了樹林後就消失得無影無蹤的報導。一時之間，她感到害怕；然而這種害怕很快就被一種冒險的心情所替代——不管怎麼說，那個人不敢對她輕舉妄動，因為她剛才說過全城人都知道他的到來，即使他填的資料都是假的。

「你是誰？」她問道，「如果你說的都是真話，就不怕我向警察揭發你偽造身分嗎？」

「我保證回答你所有的問題，不過，你得先跟我來，我想讓你看一樣東西。離這裡也就五分鐘的路程。」

香塔兒合上書，深深吸了口氣，然後默默祈禱了一下，心裡又興奮又害怕。接著，她站起身，跟他走了。她確信這次又會讓她失望，她長這麼大，以甜言蜜語開始，最後愛情化為泡影而結束的相遇早就不是第一次了。

那男人逕直來到丫狀岩石旁，指著埋金條的地方，讓她挖開看看。

「我的手和衣服會弄髒。」香塔兒說。

他撿起一根樹枝，折斷後遞給她，讓她用來挖。她覺得他的舉止很奇怪，但還是決定照他說的去做。

五分鐘過後，出現在香塔兒眼前的是一根黃燦燦帶著泥土的金條。

「好像是金條。」她說。

「就是金條。是我的。麻煩你再用土埋起來。」

她照辦了。接著他又帶她到另一個藏金處。她又開始挖，這次她看到更多的金條，驚訝得睜大眼睛。

「這也是金條。也是我的。」外國人說。

香塔兒準備再用土把金條給埋上，他說不必了。然後他坐到一塊石頭上，點了一支菸，眺望著地平線。

「你為什麼要讓我看這個？」

他沒有回答。

「你到底是誰？來這裡做什麼？你明知道我可以把這件事告訴大家，為什麼還要讓我看呢？」

「一下子就這麼多問題，」外國人說道。眼睛仍然盯著大山看，彷彿不知道她在身邊一樣。「要說把金條的事情講出去嘛，這正是我所希望你做的。」

「你答應過我說如果我看了，你會回答我任何問題。」

「首先，你別相信什麼諾言。這世界上諾言滿天飛：財富、幸福、無限的愛。

有些人覺得自己有能力答應一切，有些人就像你一樣能接受保證自己過上好日子的任何東西。承諾而不去兌現的人終歸是無能和失敗的，至於相信諾言並抱住它不放的人也是如此。」

話越說越複雜了；他想講他的人生，講改變了他命運的那一晚，講他不得不去相信的謊言，因為不可能接受現實。他得用女孩聽得懂的語言。

然而，香塔兒幾乎全聽懂了。像所有老男人一樣，他腦子裡想的只是和年輕女人上床。像所有人一樣，他覺得有錢能使鬼推磨。像所有外國人一樣，他確信偏鄉城鎮裡的女孩天真無邪，能夠接受任何真實或不真實的提議——哪怕只有一點點能讓她離開當地的可能性就行。

他不是第一個，而且——很遺憾——也不會是最後一個用這種粗俗方式企圖引誘她的人。反而讓她疑惑的是為什麼給她那麼多金條；她從沒想過自己值那麼多，現在她心中又驚又喜。

「我都這麼大了，不會相信什麼諾言了，」她答道，想爭取時間。

「即使你以前相信過，但現在你還打算繼續相信下去？」

「你弄錯了；我知道我生活在天堂裡，我讀過《聖經》，但我不會去犯和夏娃同樣的錯誤，她是不滿足已有的東西。」

當然這不是實話，眼下她已經開始擔心這個外國人可能會失去興趣，轉身走掉。實際上，是她自己設的局，造成了這次的林中相會；她是有意坐在他返回時的必經之地，為的是讓他能遇見人說話。她也許能再次聽到什麼諾言，再做一場可能成真的愛情美夢，或是來一次離開此地、永不回頭的旅行。她的心已經受傷過許多次了，即使如此，她還是相信自己會遇到命中註定的男人。起初，她讓許多機會溜走，因為她認為等待的人還沒有來到，然而現在她覺得時光如梭，她已經作好準備不管感覺如何，只要有哪個男人願意帶她走，她就跟他走。她確信，她會學著去愛他的——愛情也只是個時間問題。

「這正是我想知道的：我們是生活在天堂裡還是在地獄中？」那個男人打斷她的思緒。

很好，他開始上鈎了。

「是在天堂裡。不過，在一個完美的地方生活久了，一定會感到厭煩的。」

她已投下第一個釣餌。她言外之意就是「我是自由身，我來去自如」。他接下來的問題應該是：「比如說你？」

「比如說你？」外國人問道。

得小心行事，心急吃不了熱豆腐，不然會嚇到他。

「我不知道。有時我感到厭煩，有時又覺得我的歸宿就在這裡，我不知道遠離維斯科斯的生活會如何。」

下一步：假裝無動於衷。

「好吧，既然你不想講金條的事，那我就謝謝你這趟林中漫步了，我要回河邊看書去了，感謝。」

「請等一等！」

這男人咬鈎了。

「我當然要解釋金條的事，要不然我帶你來這裡做什麼？」

性、金錢、權力、諾言。不過，香塔兒做出一副等待驚人揭示的樣子。男人都有一種要居高臨下的怪癖，殊不知大多時候他們要做什麼早就被看破了。

「你一定是一個閱歷豐富的人，一個能教我很多東西的人。」

就這樣。輕輕鬆一下線，欲擒故縱，別嚇著獵物，這是一條重要法則。

「不過，你有一個很不好的習慣，不回答一個簡單的問題，反而就諾言或是我們人生中應該如何行事長篇說教。我很樂意不走，只要你回答我最初提的問題：你到底是誰？來這裡做什麼？」

∞

外國人把目光從群山移開，然後面對著女孩。他多年來和各種人打過交道，所以他知道——幾乎毫無疑問地知道——她此刻心中所想。毫無疑問，她相信他讓她看金條是想用錢財來打動她，反過來，她現在是想用年輕和無動於衷來打退他的念頭。

「我是誰？好吧，我告訴你，我是一個近來一直在找尋某種真理的人；理論上我已經找到，但從來沒有付諸實踐。」

「什麼樣的真理？」

「關於人類本性。我發現，如果我們有機會被誘惑，那最終就會被誘惑。出於各種情況，世上所有人都是準備去行惡的。」

「我認為……」

「不是什麼你認為我認為，或是我們認為，而是揭示我的理論是否正確。你想知道我是誰？我是一個很著名、很富有的企業家，旗下員工上千人。出於必要很野蠻，但有時也是個好人。

「我是個經歷過許多常人意想不到事情的人，並且是個超越界限去尋求快樂與知識的人。一個被束縛在常規和家庭地獄時知道天堂何在，享受天堂和完全自由時知道地獄何在的人。這就是我，一個善惡並存的人，也許是一個充分準備好回答我自己關於人類實質問題的人——所以我在這裡。我知道你想知道什麼。」

香塔兒覺得自己在節節敗退；得迅速收復失地。

「你認為我要問：為什麼讓我看金條？然而實際上，我想知道的就是為什麼一個著名的富有企業家不去看書，不去大學，更簡單地說，為什麼不去找一位著名的哲學家，而是跑來維斯科斯尋找什麼答案？」

外國人很喜歡這女孩的精明。太好了，一如往常，選對人了。

「我來維斯科斯是因為我有一個計畫。很久以前，我看過一個名叫迪倫馬特⑦編的一齣戲，這個作者你應該認識……」

這段話只是一種挑釁；那女孩當然沒聽說過什麼迪倫馬特，而現在她又裝出一副若無其事的樣子，好像知道我說的是誰。

「請繼續。」香塔兒一副滿不在乎的樣子說。

「我很高興你知道他。不過，請允許我提醒你一下我所說的是哪齣戲。」他斟酌詞語，說得不要太露骨，不過，他知道她在說謊。「說的是一個女人發財了以後，返回故鄉，只為了羞辱和摧毀年輕時曾經拒絕過她的男人。她的生命，她的婚姻，她的錢財都是出於一個念頭，就是要向自己的初戀情人復仇。

「於是我就設計了一個遊戲：去一個與世隔絕的地方，那裡的人都滿懷喜悅、平和與同情心看待生活，我想要看看能否讓他們違反**十誡**。」

香塔兒把目光轉向大山。她知道外國人已經發現她不知道那個作家，而且她害怕他問她什麼是十戒；她從來就不怎麼信教，不懂宗教。

「在這個小城裡，從你說起，所有人都是誠實的，」外國人又說，「我讓你看了一根金條，它可以讓你離開這裡，去環遊世界，去做與世隔絕小城市裡女孩們所夢想的事情。金條就在那裡；你知道那是我的，但是，如果你想要的話，可以偷走它。這樣，你將違背一條戒律：『不可偷盜』。」

女孩直視著外國人。

「至於這十一根金條，足以讓這裡所有居民後半輩子享清福了，」他接著說道，「我不讓你埋起來是因為我要把這些金條轉移到一個只有我才知道的地方。我希望你回去以後就說你看見它們了，並且說假如他們去做他們從未夢想過的事情，我就把它們送給維斯科斯的居民。」

「比如說什麼事情？」

「不是比如說，而是具體說：我希望他們違反『不可殺人』的戒律。」

「什麼？」她幾乎喊著問道。

「就是你剛才聽到的。我想讓他們犯一項罪。」

外國人注意到女孩的身體僵直了，她可以隨時走開，不聽下文，他得盡快把整個計畫說出來。

「我的時間只有一星期。如果七天之內村裡有誰死了——可以是一個無用的老人，一個病入膏肓的人，一個煩人的智障者，什麼人都行——這些錢就歸村裡的居民，而我就可以得出我們所有人都是惡的結論。如果妳偷了那根金條，而村中人反對，或者相反，那我的結論就是人有善有惡，這在我面前就出現了一個嚴肅的問題，因為這意味著一場精神領域裡的抗爭，哪一方都可能取勝。妳相信上帝、相信精神領域、相信天使和魔鬼之間的戰爭嗎？」

女孩沒有說話，這次他知道問的不是時候，搞不好她會不等他說完轉身就走。最好不要嘲諷了，還是開門見山地說吧。

「假如最後我帶著這十一根金條離開這裡，那我所相信的一切不過是一個謊言。我將帶著自己不願意接受的答案死去，因為如果我是對的，世界是惡的，生活將更加可以接受。

「雖然我的痛苦會繼續，但是如果大家都痛苦，那就不分彼此了，痛苦就會比較容易忍受。同時，如果只是讓一些人去面對巨大的悲劇，那麼這個世界的問題就大了。」

香塔兒現在已是滿眼淚水。雖然如此，但她還是努力控制著。

「你為什麼要做這件事？為什麼選我們村呢？」

「不是你或你們村的問題，我只想到我自己：一個人的歷史也是全人類的歷史。我想知道我們是善還是惡。如果我們是善的，那上帝就是公正的；而且會原諒我出於對付想要毀滅我的人，出於我在重要時刻所做的錯誤決定，出於我眼下對你提出的建議而做的一切——因為是他把我推向了黑暗。

「如果我們是惡的——那麼一切都是允許的，我就從沒做過什麼錯誤決定，我們已被判決，而且我們一生中做過什麼事都已經無關緊要——因為救贖早已遠離世人的思想或是行為。」

在香塔兒離開之前，他又說：

「你可以決定不合作。如果是這樣，我將親自告訴大家說我曾經給你機會去幫助大家，但你拒絕了。如果他們決定去殺誰，被殺的很可能就是你。」

維斯科斯的居民很快就熟悉了外國人的生活規律：早上起得很早，飽餐一頓，然後就上山，儘管他來的第二天開始雨就下個不停，後來還下了雪，這地方好天氣不多。他從不吃午飯；他一般都是下午才回來，然後就把自己關在房間裡不出來，大家猜想他是在睡覺。

一到晚上，他又出來走動了，這時只是在城附近閒晃。他總是第一個去餐廳，他會點最好的菜，並精於菜價，他會要最好的酒，但又不一定是最貴的，等抽完一支菸後，馬上就去酒吧，在那裡他開始與男人、女人拉近關係。

他喜歡聽這個地區的故事，聽有關維斯科斯先人的故事（據說過去的城比現在大多了，從現存三條街盡頭一些房屋的斷垣殘壁上就可以看出這一點），他喜歡聽鄉下人生活中的習俗和迷信，還有農業新技術和放牧的事。

當他談到自己時，他總講一些自相矛盾的事——他有時說自己曾當過水手，有時又說曾管理過規模很大的軍火企業，他還說有段時間他放棄塵世進了修道院去尋找上帝。

人們從酒吧散去時，都在議論他說的是真話還是假話。市長認為維斯科斯的居民總是能從小看出一個人長大後做什麼，雖說一個人一生中可以做這個也可以做那個；可是神父不這麼認為，他覺得這個新來者是個迷失方向、思想混亂的人，是個想找回自己的人。

大家都確信的唯一一件事情是，他在此地只待七天；旅館老闆娘說曾經看見他打電話給首府機場確認起飛時間——但奇怪的是他並非去南美，而是去非洲。他打完電話後就掏出一疊鈔票要付住宿費，還有吃過和未來的飯錢，老闆娘說不必如此，相信他會付賬。由於外國人一再堅持，老闆娘建議他像其他客人一樣用信用卡；這樣他就可以在接下來的旅程中有現金應付可能出現的緊急情況。她本想加一句說「也許在非洲不接受信用卡」，但這就讓人知道她聽到他講電話了，她覺得這樣不禮貌，甚至有認為此大陸比彼大陸更先進之嫌。

外國人感謝她的關心，但還是禮貌地拒絕了。

連續三個晚上，他都用現金為大家付了一杯酒錢。這在維斯科斯是從來沒有過的事，因此大家很快就忘了他那些自相矛盾的事，並且開始覺得這個人很慷慨、很友好，沒有偏見，對待鄉下人像對待大城市的人一樣。

現在話題已變：酒吧要關門時，一些還沒走的人認為市長說得有理，這個新來者是個經驗豐富的人，是個明白友誼價值的人；而另一些人則說神父有道理，因為神父洞察人類心靈，那是一個孤寂的人，在尋找新朋友或是新的生活觀點。但不管怎麼說，他是個令人愉快的人，維斯科斯的居民確信當他下星期一離開這裡時，大家會想念他的。

另外，他還是一個極為謹慎的人，大家從一個重要細節上注意到了這一點：旅行者，主要是那些孤身一人的旅行者，總是有話沒話地找在酒吧服務的女孩香塔兒·普里姆說話——也許是希望有段一夜情，或是其他什麼，誰知道呢。然而這個人卻只是向她要飲料，從沒對女孩目露斜念或圖謀不軌。

在河邊相遇後，連續三個晚上，香塔兒都沒睡著。暴風雨不斷地吹打在金屬百葉窗上，發出嚇人的聲響。她醒來好幾次，雖說為了節省電費，晚上都不開暖氣，但還是一身汗。

∞

第一天夜裡，她遇見了善。在夢與夢之間——她也記不清了——她祈禱並請求上帝幫助她。她從未想過要把所聽到的一切講出去，也從未想過自己是罪惡與死亡的使者。

這時，她覺得上帝離得太遠聽不到她，於是她就開始向幾年前去世的外婆祈禱。母親生下她就去世了，是外婆把她養大的。她揮之不去的想法就是惡已經來過這裡，而且一去不復返了。

雖然說有各種各樣的個人問題，但香塔兒知道，她所居住的城市裡，男男女女都是正直、敬業、光明磊落、在地方上都是受人尊敬的。但並非一直以來都是如此：在兩百年的時間裡，維斯科斯曾經住過最壞的人，大家也都坦然接受了，說那是賽爾特人被羅馬人打敗後，拋下的詛咒的結果。

直到有一個人，只有他不相信詛咒，只相信祝福，他的沉默和勇氣拯救了這裡的居民。香塔兒聽著金屬百葉窗嘩啦嘩啦地響，耳畔繚繞著外婆講述往昔故事的聲音。

∞

「很久以前，有個隱士——也許更為人熟知的是他的名字聖薩萬——他住在這地區的一個山洞裡。那時，維斯科斯只是一個邊陲小鎮，裡面住著逃避刑法的土匪、走私犯、妓女、尋找共犯的騙子、歇口氣準備再去犯罪的殺人犯。其中最壞的是個阿拉伯人，名叫阿哈巴，他控制著城市和周邊地區，向堅持著體面生活的農民敲詐勒索。

「有一天，薩萬從山洞下來，來到阿哈巴的住處，並要求借宿一夜。阿哈巴笑了：『你不知道我是個殺人犯嗎？我在家鄉已經殺了好幾個人了，在我眼裡你的生命如同草芥』。」

「『我知道，』薩萬說，『但我在山洞裡住膩了。我想在你這裡至少住上一晚』。

「阿哈巴知道這個聖人的名氣不比自己差，這一點讓他感到不快——因為他不喜歡這麼一個瘦弱之人分享他的光榮。因此那天晚上他決定殺掉薩萬，讓大家知道他才是此地唯一真正的主人。

「他們聊了一會兒。阿哈巴對聖人的話很有感觸，但他是個不相信別人的人，他已不信什麼善與不善了。他指給薩萬一個地方讓他睡，然後就氣勢洶洶地磨起刀來。薩萬看了他一會兒，然後就閉上眼睛睡覺了。

「阿哈巴磨了一整夜的刀。早上，薩萬一睜眼，看見他正在自己身旁哭泣。

「『你不怕我，而且也沒有評判我。第一次有人睡在我旁邊，而且相信我可能是個好人，會讓求宿者住下來。因為你相信我能公正行事，於是我就如此去做了。』

「從那時起，阿哈巴就改邪歸正，並開始對這個地區進行改革。也就從那時起，維斯科斯一改藏污納垢的邊陲小鎮形象，變成了一個邊貿重鎮。」

「是的，是這樣。」

香塔兒失聲哭泣起來，並感謝外婆幫她回憶歷史。她的鄰人是善的，是可以信賴的。當她準備重新入睡時，腦子裡縈繞一個想法，就是把從外國人那裡聽來的故事講出去，然後等著看他被維斯科斯居民驅逐時的驚恐表情。

8

第二天，當她看到外國人從旅館走出來時，吃了一驚，只見他逕自來到酒吧／接待處／紀念品商店並開始與碰到的人閒聊——像任何一位遊客一樣，裝出對諸如剪羊毛的方法、燻肉方法等雞毛蒜皮的事情感興趣。維斯科斯的居民總是覺得所有外國人都對他們健康自然的生活情有獨鍾，因此他們越來越詳細地重複著遠離現代文明的生活有多麼好的話題——雖說在他們內心深處，每個人都想遠離這裡，去車水馬龍的大城市。那裡的空氣被汽車污染，在街區裡連走路都不安全，可是大城市對鄉下人就是有一種絕對的吸引力。

然而，每當有遊客出現，他們就用話語——僅僅是話語而已——來表達他們住在一個被人遺忘的天堂裡的喜悅，他們想讓自己相信生於此地是一種奇蹟，並且忘掉迄今為止旅館的客人沒有一個決定放棄一切要留在維斯科斯的事實。

當天晚上一直很熱鬧，只有一次例外，那就是外國人說了一句不該說的話：

「這裡的孩子都很有教養。不像我去過的其他地方，在這裡我早上從沒聽見過孩子喊叫。」

氣氛凝結——因為在維斯科斯已經沒有兒童了——片刻沉默之後，有人問他剛才吃的風味菜味道如何，於是，閒談又回到正軌，圍繞著鄉村的神奇和大城市的缺點展開了。

隨著時間推移，香塔兒越來越緊張，她怕外國人讓她吐露林中相會之事。但他連看都不看她一眼，只有一次，在他為在場所有人——用現金——付一杯酒錢時，才和她說過一次話。

等顧客一走，外國人也回房間後，她就扯下圍裙，點上一支客人落在桌上的菸，然後對老闆娘說明早再收拾吧，因為她前一天晚上沒睡好，感到很疲倦。老闆娘同意了。香塔兒拿起外套，然後鑽進寒夜中。

離家不過兩分鐘的路程，她任憑雨水打在臉上，心中在想，也許這一切不過是個瘋狂的念頭而已，是那個外國人為了吸引她注意的一種可怕方式。

這時她回想起那些金條：她親眼所見的金條。

也許不是金條。她很累，想不下去了。於是，一回到家，她就脫去衣服鑽進被窩。

∞

第二天晚上，香塔兒遇見了善，也遇見了惡。她沉沉睡去，什麼夢都沒有做，但睡不到一個小時就醒了。屋外一片寂靜；沒有風吹百葉窗的聲音，也沒有夜行動物的響動——什麼都沒有，周圍死氣沉沉，沒有半點聲響。

她走到窗前，看了一眼杳無人跡的街道，外面細雨濛濛，旅館的微弱燈光中泛著霧氣，讓小城蒙上一層陰森的面紗。她非常熟悉這座城的寂靜，絕對不意味著什麼和平安詳，而是完全缺乏與人述說的新鮮事物。

她朝群山望去，不過什麼也看不見，因為雲很低，但她知道有個地方藏著一根金條。或者說，藏著像塊磚頭一樣黃澄澄的東西，是那個外國人藏的。他告訴過她準確位置，甚至幾乎是求她挖出來，並讓她拿走。

她再度躺下，輾轉反側，後來起身去洗手間，看了看鏡子裡自己赤裸的身體，擔心不久後它就會失去魅力，爾後她又回到床上。她後悔怎麼沒把客人落在桌上的那包菸帶回來——但她知道老闆娘會收好那包菸，老闆娘不希望別人對自己產生不信任感。維斯科斯就是這樣，半包菸也有主人，衣服上掉下來的扣子也得收好等著人來找，一分錢都要找清楚，不能四捨五入。這個鬼地方，一切都是可預見的，有條不紊的，可信賴的。

眼看自己睡不著，於是她又試著祈禱，想她的外婆，但她的思緒已經定格：挖開的洞，滿是泥土的金屬，手中的一截樹枝，像準備上路的旅行者的拐杖。她打了幾次瞌睡，但都醒了，外面仍是一片寂靜，她腦海中不斷翻滾著同樣的畫面。

當早上第一縷曙光照進窗戶時，她就穿上衣服出去了。

∞

雖然當地人都起得很早，但她更早。她在空無一人的街上走著，並且朝身後看了好幾次，想看看外國人是不是跟著她。但濃霧擋住了她的視線。她時不時停下來，側耳靜聽有沒有腳步聲，卻只聽見自己的心在怦怦亂跳。

她鑽進樹林裡，直接來到丫狀岩石旁——那些大石頭好像隨時都會掉下來，她有一種莫名的緊張。她撿起前一天扔在那裡的樹枝，就在外國人指給她的地方挖下去，然後把手伸進洞裡，掏出磚形的金條。有些東西引起了她的注意：樹林裡靜悄悄的，好像有個怪物在那裡，威懾著林中的動物，連樹葉都不敢動了。

手中金屬的重量讓她吃驚。她把它擦了擦，發現上面有印記，她注意到有兩個戳記和一串數字，她想弄清楚是什麼意思，但她辦不到。

這意味著多少錢呢？她沒有一個確切概念，不過，正如外國人所說，應該足以讓她的後半輩子享清福了。她手中拿的是她的夢想，是渴求已久的事，是一個已經出現在她面前的奇蹟。這是一次機會，可以讓她擺脫維斯科斯單調的晝夜往復；擺脫成年後在旅館沒完沒了的上班下班；擺脫看著男女朋友們的年度探親，他們已經離開這裡，因為他們的家人把他們送到很遠的地方去唸書，為的是出人頭地；還可以擺脫習以為常的種種匱乏；擺脫那些來時花言巧語然後不辭而別的男人；還有那些習慣成自然的送往迎來。在樹林中的這一刻是她人生中最重要的時刻。

生活總是對她不公平；她不知道父親是誰，母親在生她時過世，這筆賬卻算在她身上；外婆是農民，靠著替人做衣服維生，一分一分攢錢讓外孫女能認幾個字。香塔兒有過許多夢想：她曾認為自己能克服困難，找個丈夫，在大城市裡謀份工作；或者被哪一位前來這片天涯海角休憩一下的伯樂發現；她還想過要登上表演舞台；寫出一本一鳴驚人的書；聽著攝影師要她擺出什麼姿勢的喊聲，踏上生活的紅地毯。

每一天都是充滿期待的一天。每一夜都可能出現某個人來判定她真正價值的一夜。每個在她床上的男人都是她第二天離開這裡的希望，如果成功就再也不必看那三條街道、石頭房子、板岩房頂、與墓地為鄰的教堂，還有那順帶出售紀念品的旅館，這些物品要費時好幾個月製作，卻以稱斤論兩的價錢賣出。

有一次她突發奇想，過去賽爾特人在這裡藏匿一批可觀的財寶，讓她找到了。在她的夢想中，這是最荒唐、最不可能的一個。

然而眼下她手裡就拿著金條，這是她從來沒有擁有過的財富，這意味著決定性的解放。

她心中充滿恐懼，千載難逢的幸運時刻可能在這天下午轉瞬即逝。如果外國人改變主意呢？如果他決定去尋找另一座城市，並在那裡遇到一個更願意幫助他實現計畫的女人呢？為什麼她不起身回家，裝上幾件用品，然後遠走高飛呢？

她想像過她走下大斜坡去搭便車，這時外國人出門去清晨散步，後來他發現金條被偷了。她朝最近的城市奔去，而他返回旅館向警方報案。

香塔兒謝過司機，直奔公車站售票口，她買了一張隨便去一個遙遠地方的車票。這時，兩個警察走過來，禮貌地請她打開手提箱。當他們看到裡面的東西後，禮貌蕩然無存；她正是他們要找的人，因為三個小時前他們接到報案。

在警察局，香塔兒有兩種選擇：一是坦白，但可能沒有人相信她，或者就說她看見土是鬆的，就開始挖，於是就看到金條了。有一次，一個尋寶者——他是在尋找賽爾特人藏的什麼東西——曾與她同床共枕。他曾說國家法律明文規定：個人有權擁有任何所拾之物，雖說一些特定的、具有歷史價值的物品必須到有關部門進行登記。然而那根金條沒有任何歷史價值，是當今世界的物品，還有流水號呢。

警察就去詢問那個外國人。而他無法證明她進入過他的房間並偷走他的東西。雙方交代有出入，但也許他更有力，有朋友位居高層，最終結果會如他所願。然而，香塔兒要求警方查驗金條，於是他們發現她講的是實話：金屬上有泥土的痕跡。

到這裡，故事就到了維斯科斯，它的居民——出於嫉妒或是眼紅——開始懷疑她，謠傳不止一次聽說她和一些客人睡覺，也許在他睡覺時，她偷了他的東西。

故事的結局很悲慘：金條被沒收，移交司法解決，她又重新搭便車垂頭喪氣、丟臉地回到維斯科斯，等著眾人八卦、議論，然後慢慢平息下去。再後來，她會發現法律程序形同虛設，她付不起律師費，最後放棄。

故事的結局是金條沒有了，名聲也丟了。

還有一個版本：外國人講出實情。如果香塔兒偷走金條遠走他鄉，難道不是把這座城市從不幸之中解救出來嗎？

然而，就在出門上山之前，她已經知道自己無力邁出這一步。為什麼恰恰在這一刻，在完全能改變自己人生的時刻，自己卻如此害怕呢？無論如何，難道自己沒有和引起自己欲望的人睡覺嗎？沒有時不時暗示外國人付賬時多給小費嗎？沒有時不時撒個謊嗎？沒有嫉妒現在只在逢年過節才回來看看家人的朋友嗎？

她用力攥住金條，站了起來，她感到虛弱與絕望，把金條放回洞裡並蓋上泥土。她做不出來，並不是因為她正直，而是因為她心中感到恐懼。她剛剛發現有兩件事阻礙一個人去實現夢想：一是覺得夢想不可能實現，再來就是，突然時來運轉，意想不到地看見它們變成可能。所以這時她害怕了，不知道這條道路通向何方，害怕面對未知的挑戰的生活，害怕我們習慣的東西會永遠消失。

人們想改變一切，同時又希望一切都保持原樣。香塔兒不明白為什麼，卻是現在的她正在經歷的。也許她已被牢牢束縛在維斯科斯這個地方，習慣了自己的失敗，而且任何一個取勝的機會都要花費極大力氣去負重前行。

她確信外國人已經厭煩她的沉默，而且很快——也許就在這天下午——他就會決定另選他人。畢竟她太沒有勇氣來改變自己的命運了。

剛才碰過金條的雙手這時該去拿掃把、海綿和抹布了。香塔兒轉身朝城裡走去，在那裡，老闆娘應該會面帶慍色等著她吧。因為她答應過在旅館唯一的客人來之前打掃酒吧。

∞

香塔兒擔心的事情沒有發生：外國人沒有走。那天晚上他又去了酒吧，比任何時候都健談、幽默，他講著那些也許不完全真實、但至少在他的想像中深刻經歷過的故事。只是當他為在場所有人付酒錢時，他們倆的目光才再次漠然相交。

香塔兒感到疲倦。她希望大家早點離開，但是外國人興致特別高，不停講故事，大家聽得津津有味，臉上帶著讓人可恨的尊敬——或者說，恭順——那種農民在大城市人面前的恭順，因為他們認為大城市的人更有文化、修養和智慧，更現代。

「一群傻瓜。」她心想。「他們不知道自己多重要。他們不知道在世界任何角落，人們能夠盤中有餐、口中有食，都是像維斯科斯居民一樣的人們日夜勞動、辛辛苦苦、任勞任怨地揮汗耕田、放牧的結果。比起大城市的人，他們對世界更重要，然而，他們卻表現得——而且感到——低人一等，自卑無用。」

那名外國人正準備顯示他的文化比酒吧裡所有男女的辛勤勞作更有價值。他指著牆上的一幅畫問道：

「你們知道這是什麼嗎？這是一幅世界名畫：耶穌和他的門徒們的最後晚餐，是達文西所畫。」

「沒那麼有名，」老闆娘說，「很便宜的。」

「這只是複製品；真跡是在離這兒很遠的一座教堂裡。關於這幅畫還有個傳說呢，不知道你們想不想聽。」

大家都點了點頭，香塔兒再次為待在這裡聽他炫耀比別人知道得多且賣弄無用的知識而感到羞恥。

「構思這幅畫時，達文西碰到一個很大的難題：必須在耶穌的形象中畫出善，並且在猶大的形象中畫出惡，猶大就是那個在晚餐中決定背叛耶穌的朋友。他中斷工作，希望先找到理想的模特兒。

「有一天，他在聽一個合唱時，看見其中一個小伙子正是符合基督完美的形象。他把他請到自己的畫室，並開始畫他。

「三年過去了。〈最後的晚餐〉即將完成——但達文西還沒有找到理想的猶大模特兒。負責這個教堂的紅衣主教開始向他施壓，要求他馬上完成壁畫。

「經過多天的尋找，畫家找到一個衣衫襤褸、未老先衰，醉倒在排水溝裡的年輕人。費了一番工夫，他請助手們把這個年輕人直接弄到教堂裡，因為已經沒有時間畫草圖了。

「這個乞丐被抬到教堂，渾然摸不著頭緒。助手們扶他站好，達文西就開始畫那張有著冷酷、罪惡、自私線條的面孔。

「畫完時，這個乞丐——酒有點兒醒了——睜開眼看到眼前的畫。他又驚又悲地說：『我以前見過這幅畫！』

「『什麼時候？』達文西詫異地問。

「『三年前，在我失去一切之前。那時我在一個合唱團裡唱歌，我的生活充滿夢想，有個藝術家請我去做模特兒，他要畫耶穌的面容。』」

外國人停頓了好長時間。他眼睛盯著神父，神父正在喝啤酒，而香塔兒知道他的話是衝著她說的：

「也就是說，善和惡有同一張面孔；而一切都取決於它們與每個人狹路相逢的時刻。」他起身說對不起，自己累了，然後就回房間了。眾人各自付了酒錢後，慢慢往外走，看著那幅名畫的複製品，都在捫心自問，曾幾何時自己的生活已經被一個天使或是一個魔鬼所觸動。大家不約而同得出一個結論，這種事在維斯科斯只有在阿哈巴平定此地之前發生過。現在，日子千篇一律，無足掛齒。

在像個機器人一樣筋疲力竭的工作中，香塔兒知道自己是唯一與別人想法不同的人，因為她已經感覺到「惡」沉重誘人的手撫摸了她的臉。「善和惡有著同一張面孔；而一切都取決於它們與每個人狹路相逢的時刻。」說得好，這也許是真的，然而她現在需要的就是睡覺，別無其他。

結果，她找錯一位顧客的錢，這件事從前極少發生；她向客人道歉，卻沒有認錯。她無動於衷、維持自尊地忍耐到神父和市長離開這裡，他們一般都是最後才走。她鎖好收銀台，拿起自己的東西，穿上自己那件便宜的厚外套，像往常一樣回家了。

∞

第三天晚上，她與惡相遇了。惡是發著高燒、帶著極度疲倦來的，這讓她神志處於半清醒半迷糊之間，但就是睡不著——這時她聽到屋外有一隻狼在不停地嚎叫。有時，她確信自己滿口譫語，好像那匹狼已經進入她的房間，而且用一種她不懂的語言在和她說話。在短暫的清醒中，她試圖起身去教堂請神父叫醫生來，因為她病了，而且病得很重；然而，當她真的想這麼去做時，卻感覺到雙腿不聽使喚，這時她才知道自己走不動了。

就算能走，恐怕也走不到教堂。

就算走到教堂，也得等神父醒來，穿好衣服，再來開門，而這時寒冷會迅速加重她的病情，並且毫不留情地讓她死在眾人視為神聖的教堂門前。

「至少不需要別人把我抬到墓地；實際上到時候我自己就會在裡面了。」

香塔兒一整夜都在說譫語，晨光照進屋裡時，她感到燒退了。體力恢復後，她試圖入睡，這時外頭卻傳來熟悉的喇叭聲，她知道賣麵包的人已經到了維斯科斯，是她該做早餐的時候了。

沒有人強迫她下去買麵包；沒有人管她，愛睡到幾點就幾點，她只在天黑以後才開始工作。但她身上發生了某種變化；在完全瘋掉之前，她需要和世界接觸。她希望見到此時聚集在綠色小車周圍的人們，他們用錢換回食品，他們很高興，因為新的一天開始了，他們又開始有事做，又有東西吃了。

她還是去了那裡，並和大家打招呼。她也聽到幾句諸如「妳看起來好像有點累，」或是「妳怎麼了？」的話。大家都很和氣，總是樂於助人，他們慷慨大方、單純樸實，心靈卻永無休止地為夢想、冒險、害怕和權力而波動。她很想與他們分享秘密，但只要告訴一個人，過不了早上，全城人就都知道了——最好還是先感謝大家對她身體的關心，然後等自己的思緒清晰一些時再說。

「沒什麼。有隻狼叫了一晚上，害我睡不著。」

「我怎麼沒聽見什麼狼叫呢。」旅館老闆娘說，她也在那裡買麵包。

「這地方好幾個月沒聽見狼叫了。」那個做東西在酒吧小商店賣的女人附和道。「獵人應該早就殺光牠們了，這種事最糟糕了，獵人來這裡主要是因為有這麼幾隻狼。他們很喜歡這種無用的競爭：看誰能獵殺最難對付的動物。」

「別當著賣麵包的說這地方沒有狼了，」香塔兒的老闆娘小聲說道，「要是讓他們知道，也許維斯科斯的生計就徹底沒了。」

「可是我聽到有狼在叫。」

「應該是隻該死的狼。」市長夫人說，她不太喜歡香塔兒，但她是個有涵養的人，喜怒不露於色。

老闆娘生氣了。

「該死的狼不存在。不過是一隻普通的狼，應該早就被打死了。」

但市長夫人也不示弱。

「不管存不存在，我們大家都知道晚上沒有什麼狼叫。妳讓這個小姐工作時間太長，她應該是太累，開始產生幻覺了。」

香塔兒讓她們倆去爭論，自己拿起麵包就走了。

「無用的競爭，」她想起剛才那個做罐頭食品的女人的話。他們就是這樣看待生活：無用的競爭。她當時幾乎要說出外國人的提議了，她要看看那些裝模作樣又心胸狹窄的人是否會加入一場真正有用的競爭；不管有狼沒狼，十根金條換一項犯罪，這項罪可以保證子孫的將來，找回維斯科斯昔日的光榮。

然而，她忍住沒有說。當時她決定留到晚上，在酒吧裡當著大家的面說，這樣誰都不能說沒聽見或說不明白。也許他們會衝向外國人，然後把他帶到警察局，讓她自由地去拿自己的那根金條作為她為社會貢獻的獎賞。也許他們根本就不信，於是外國人走了，認為大家都是善的——這可不是實情。

這些人都是無知的，天真的，順從的。大家都不相信那些不在自己習慣相信範圍內的事物。大家都怕上帝。所有人——包括她——在可以改變命運的時刻都是怯懦的。至於真正的善心，這是不存在的——無論是在怯懦的人們的土地上，還是在全能上帝的天空中。上帝胡亂地播撒痛苦，就是要我們祈求祂，把我們從惡中解救出來，度過一生。

暴風雨已經減弱，香塔兒三個晚上沒有睡。但是當她準備早餐時，精神從沒感到這麼好過。她不是唯一的怯懦者。也許她只是唯一意識到自己怯懦的人，因為其他人稱生活為「無用的競爭」，而且把害怕與慷慨混為一談。

她想起維斯科斯一個在鄰城一家藥店工作的人，他做了二十年後被辭退了。他沒有要求任何資遣費，因為——他說——他是老闆的朋友，不想傷害他們，他知道是因為公司財務困難才要他走的。一切都是謊言：那人沒有打官司是因為怯懦，他想不惜任何代價讓人愛他，他想讓老闆一直認為他是個能慷慨合作的人。過了些日子，他去借錢，人家大門一關根本不理他——這時說什麼都晚了，因為他早就簽了辭職信，什麼要求也不能提了。

妙啊。所謂心善是對那些在生活中害怕表明態度的人而說的。相信自己善良，總比去面對他人爭取自己的權利要來得容易。受到冒犯而不去反擊，總比在戰鬥中有膽量去面對比自己強大的人要來得容易；我們總說沒有被別人扔的石頭擊中，往往而只有到了夜裡——當老婆，或是老公，或是同學、朋友已經入睡，獨自一人時——直到這個時候，我們才為自己的怯懦悄然落淚。

香塔兒吃完早餐，希望白天快點過去。她要在晚上摧毀這座小城，她要消滅維斯科斯。用不了一代人的時間，這座小城早晚會死亡，因為它是一個沒有兒童的地方——年輕人已經跑到其他城市，衣著華麗，在節日裡、在旅行中、在「無用的競爭」中繁衍生息去了。

∞

然而，白晝沒有很快過去。恰恰相反：低低的雲朵、灰灰的天空讓時間過得緩慢。濃霧遮住了山峰，村莊像是在世外桃源，它迷失了自己，像是地球上唯一有人居住的地方。透過窗子，香塔兒看見外國人像往常一樣出了旅館朝山那邊走去。她擔心金條，但她的心很快又平靜下來——他會回來的，因為他已經付了一個星期的住宿費，有錢人從來不浪費一個銅板；只有窮人才會如此。

她想看書，但集中不了精神。她決定在維斯科斯到處走走，而她遇見的唯一一個人就是貝爾塔，她天天坐在家門口，監視著維斯科斯發生的每一件事情。

「氣溫早晚要降的。」貝爾塔說。

香塔兒暗自思量為什麼無事可做的人總覺得天氣是個重要問題呢。她向貝爾塔點了點頭。

她繼續走自己的路，因為在這裡生活了這麼多年，和貝爾塔該說的都說了。有段時間，她認為貝爾塔是個有意思、很勇敢的人，就是她丈夫在一次司空見慣的打獵事故中喪生之後，她也能安定自己的生活；她把不多的財產賣掉一些，然後把這筆錢——加上賠償的錢——放在某種有保障的投資上，現在她是靠利息在過日子。

然而，隨著日子一天天過去，這名寡婦對於她已經沒有什麼吸引力了，她怕自己將來也會變成這個樣子：成天坐在家門口，到了冬天一層又一層穿得厚厚的，看著眼前一輩子都沒有什麼變化的景色，監視著沒有必要監視的東西，因為這裡沒有真正重要或是珍奇的東西了。就這麼坐著等死。

她在滿是霧氣的樹林裡走著，也不怕迷路，因為她對這裡的條條小徑、一草一木一石都瞭如指掌。她想過今天晚上會是刺激的一夜，她演練過種種把外國人的提議講出來的方式——其中一個方式就是逐字逐句講出她所聽到和所看到的，不然就是照著讓她三個晚上沒能睡覺的那個男人的方式，講出一個可真可假的故事。

「這是一個非常危險的男人，比我所認識的所有獵人都壞的男人。」

漫步在樹林中，香塔兒開始感到自己發現了一個與外國人一樣危險的人：她自己。四天前，她還不知道她已習慣了周圍的一切，習慣了生活中可期待的東西，習慣了以前還不覺得如此糟糕的維斯科斯的生活——總而言之，這地區被稱為「天堂」，夏季裡遊客如織。

現在，妖魔已從墳墓中出來，使她的夜晚陰森可怕，使她感到不幸、不公平、被上帝和命運所拋棄。更糟的是，它們迫使她看見為了這樹林、為了工作、為了罕有的相遇，和為了許許多多時候的孤獨而日夜背負著痛苦。

「這個該死的人。該死的我，是我強迫他穿越了我的人生道路。」

等回到村裡的時候，她為生活中的每一分鐘後悔，她咒罵她的母親死得早，咒罵她的外婆教她應該做個善良的好人，咒罵拋棄她的朋友，咒罵還在與她作對的命運。

∞

貝爾塔還坐在那裡。

「妳走得很急呀，」她說，「來坐在我身邊放鬆一下。」

香塔兒照辦了。她願意做任何事情好讓時間過得快一些。

「村莊好像有變化，」貝爾塔說，「空氣中有些異樣的氣味；昨天我聽見那可惡的狼叫了。」

香塔兒瞬間釋然了。不管可惡不可惡，昨天是有狼叫，除了自己，至少還有一個人聽見了。
「這個城鎮從來沒有任何變化，」她說，「只有四季往復，現在是冬天了。」
「倒不盡然。有個外國人來了。」
香塔兒控制住了自己。難道他還和別人交談過？
「外國人來了和維斯科斯有什麼關係？」
「我每天看著大自然度日。有些人認為這是在浪費時間，但這是我發現唯一能使我接受失去摯愛之痛的方法。我看見四季去了又來，樹葉落了又長。同時，大自然時不時有一種意想不到的原因造成決定性的變化。有人對我說我們周圍的大山是幾千年前一次地震造成的結果。」
女孩點了點頭；她在學校裡學過這個。
「是啊，一切都要變的。我害怕現在就要發生。」
香塔兒一時衝動差點把金條的事情講出來，因為她猜這個老太太已經知道什麼了，但她還是沒說。
「我在想阿哈巴，我們那偉大的創立者，我們的英雄，被聖薩萬祝福過的人。」
「為什麼想到阿哈巴呢？」
「因為他能了解，哪怕多麼無心的一個小小細節，也可能毀掉一切。據說他平定了此城，趕走了不服氣的、不三不四的人、並使維斯科斯的農業貿易得以現代化。某天夜裡，他請朋友共進晚餐，他為他們做了一道美味的肉。突然，他發覺鹽用完了。

「於是阿哈巴就叫他的兒子：

「『去，去村裡買一點鹽。不過，要付不多不少的錢：不要買貴了也不要買便宜了。』

「兒子詫異地問：

「『爸爸，我知道買貴了不好。但是如果能便宜，為什麼不省點錢呢？』

「『在一個大城市，這是可以的。但是在一個像我們這樣的小城，這樣做就完了。』

「兒子沒再說什麼就出去了。客人都聽見了父子之間的對話，他們想知道為什麼不能買價格低的鹽，阿哈巴答道：

「『誰要是低於市價賣，那他一定是因為急需錢用。誰要是利用這一點，誰就是不尊重辛辛苦苦工作的人的血汗和奮鬥。』

「『不過，這也不至於讓一個城市毀滅呀。』

「『世界之初，不公平也是一點點發生的。然後，每個人都給它增加一點，總是認為問題不大，那麼就等著看如今到了何種地步。』」

∞

「比如說那個外國人。」香塔兒說，她希望聽到貝爾塔說和他交談過。但是貝爾塔沉默不語。

「我不知道為什麼阿哈巴如此想拯救維斯科斯，」她不甘心地說，「從前這裡是犯罪分子的藏身之地，現在是怯懦的人們的村莊。」

老太太一定是知道些什麼了。剩下的只是看看是不是外國人本人講出來的。

「的確如此。不過，我不知道是否真的是因為怯懦。我想大家都害怕變化。他們希望維斯科斯一成不變：一個能耕田放牧的地方，一個熱情招待獵人和遊客的地方。但是這裡的人都很清楚明天將要發生什麼事，而唯一不可預測的事情就是大自然的暴風雨。也許這不失為一種得到和平的方式。不過，我在某一點上與你意見一致，那就是：大家都認為控制了一切，其實什麼也沒控制。」

「就是嘛。」香塔兒贊同道。

「誰也不能改變什麼，」老太太引用天主教福音書上的話，「然而我們喜歡帶著這種幻覺生活，因為這給了我們安全感。

「總之，企圖控制世界、相信一種完全虛假的安全是愚蠢的，因為這樣會使大家在生活中措手不及，儘管這也是一種選擇；在意想不到的時候，一次地震造出大山，一道閃電毀掉一棵準備在夏日裡生長的樹木，一次打獵事故結束一個正直的人的生命。」

貝爾塔講述過無數次她丈夫是怎麼死的。他是本地最受尊敬的嚮導之一，是一個視打獵為一種尊重當地傳統的方式，而不是一種野蠻的戶外運動的人。正是由於他，維斯科斯建立起一個動物保護區，市政廳制定法律保護一些瀕臨滅絕的物種，並制定出各種獵物稅收標準，將收入用於公益。

貝爾塔的丈夫試圖在這項有些人認為是野蠻、有些人認為是傳統的運動中，找尋教導獵人某種生活藝術的方式。有一次，來了一個很有錢但經驗不多的人，他帶這個人去一個空曠的地方。在那裡，他把一個啤酒罐放在一塊石頭上。

然後他離開啤酒罐大約有五十公尺的距離外，一槍把它打飛。

「我是這裡最優秀的射手，」他說，「現在你照我這樣做。」

他把罐子放回原處，然後又退出五十公尺，從口袋裡掏出一塊手帕，請對方把他的眼睛給蒙上。接著，他瞄向目標，開槍射擊。

「打中了嗎？」他扯下手帕問道。

「當然沒有囉，」那新來的獵人答道，他很高興看到這個驕傲的嚮導出醜了，

「子彈不知道飛到哪裡去了。我不相信你能教我什麼。」

「我剛教了你人生重要的一堂課，」貝爾塔的丈夫回答道，「不管你想得到什麼，都要睜大眼睛，集中精神，並且要確實知道你想要的是什麼。誰也不能閉著眼睛達到目的。」

有一次，打完第一槍後，他把罐子放回原處，那個獵人認為該他打了。還沒等貝爾塔的丈夫離開，他就射擊了；槍打偏了，擊中了貝爾塔的丈夫的脖子。他再也沒有機會去學習關於集中精神的精彩一課了。

∞

「我得走了，」香塔兒說。「上班之前我還有些事情要做。」

貝爾塔向她道聲午安，然後目送她消失在教堂的小路上。長年以來貝爾塔就坐在門前，望著大山，望著雲朵，在心中與去世的丈夫交談，這教會她如何「看」人。她的詞彙有限，她找不到什麼其他詞語來描述別人帶給她的感覺，但有一件事

就是：她「看」別人，可以得知他們的情感。

一切都源自於埋葬她偉大且唯一的愛人時，當時她身旁有個孩子——維斯科斯一位居民的兒子，現在已經長大成人，住在離這裡幾千公里遠的地方——問她為什麼憂傷，因為她這時正在哭泣。

貝爾塔不想嚇到孩子，不想講死亡送別之類的話，她只說她丈夫走了，也許要很久很久才能回來。

「我覺得他騙您了，」小男孩說，「我剛才看見他手裡拿著湯匙躲在墳墓後面笑呢。」

孩子的母親聽到後，狠狠地斥責他一頓。「小孩子總說看見這看見那的。」她說，並請求原諒。然而貝爾塔立刻停止哭泣，朝孩子指的方向看了看。雖然她聽到那句話很生氣，但她丈夫的確有拿專門湯匙喝湯的怪毛病呀。是的，所有的湯匙大小都一樣，但他就愛用那一支。貝爾塔從沒對外人提起這件事，因為她害怕別人說他是瘋子。

然而，那個男孩確實看見她的丈夫了，湯匙就是個標記。孩子「看見」東西。她決定也學著去「看」，因為她想和他交談，要他回來——哪怕是個幽靈。

起初，她把自己關在屋裡，極少出來，希望他出現在眼前。在一個晴朗的日子，她有了一種預感：她應該去門口並開始注意他人，她感受到丈夫希望她的生活愉快，就要多參與城裡所發生的事情。

她把椅子擺在門前，開始看山；維斯科斯街上的人不多，但是，就在她開始這樣做的當天，一個鄰居女人從鄰村回來，說是集市上的小販在賣品質很好但又很便宜的湯匙，而且還從口袋裡掏出一支來證明自己說的話。

貝爾塔發覺再也不可能會見到丈夫了，但他要她待在那裡看這座小城，她照做了。時光流逝，她開始發現自己左側有個身影，她確信他在那裡，除了教她去看諸如總在傳達某種信息的雲彩形狀等等別人沒有察覺的事情外，他陪伴著她，保護她不受任何危害。但每當想正面看他時，她總是有點傷感，因為一旦如此影子就會消失；不過，她馬上發覺可以利用直覺和他交談，於是他們開始天南地北的長時間交談。

三年過後，除了聽她丈夫講一些很實用的忠言外，她已經懂得如何「看」人們的情感了；正因為如此，在銀行破產使此地多少人的辛苦所得化為烏有前，賠償遠比原先少得多的錢時，她沒有上當。

一天早上——記不得是什麼時候的事情了——他對她說維斯科斯可能會被毀滅。貝爾塔馬上想到會是一次地震，想到此地又要升起許多大山。但他安慰她說，這種事情近千年裡不會發生的；而是另一種讓他擔心的毀滅，雖然說他自己也不知道自己在說什麼。但他要她留心，因為那是他的村莊，是他世上摯愛的地方，雖然他不情願地離開了。

貝爾塔開始更加注意人，注意雲朵形狀，注意來來往往的獵人，但並沒有發現什麼異常現象表明有誰企圖毀滅這個處處與人為善的城市。既然丈夫堅持要她去監視，她也就照辦了。

三天前，她看見那個外國人和魔鬼一起來了，她知道她的等待結束了。今天，她注意到女孩身邊伴著一個魔鬼和一個天使，她馬上把事情連貫起來，明白某種怪事正在村中發生。

∞

她獨自一笑，看了看自己左側，送去一個幾乎不被察覺的吻。她不是一個不中用的老女人，雖然她並不清楚該採取什麼行動，但她有很重要的事情要做，她要拯救自己的出生地。

8

香塔兒留下老太太獨自沉浸在思緒中，自己回家去了。維斯科斯居民私下議論說貝爾塔是個老巫婆。有人說她曾經把自己關在家裡差不多一年，在這段期間內學會了魔法。有一次香塔兒問是誰教她的，有人說是魔鬼到晚上就來教她；有人說她使用她爸媽教她的語言祈求一位賽爾特教士來教的。但大家不以為意；貝爾塔不會傷害人，而且她總有好聽的故事。

雖說都是些大同小異的故事，但內含道理。突然，香塔兒手抓著門把，手停在了那裡。雖然她聽過許多次貝爾塔丈夫的死因，但就在這一刻，她明白當中有個對她而言非常重要的一課。她想起剛才在樹林裡的散步，想起投向四方那無聲的仇恨，那個沒頭沒腦要去傷及她自己、這座城市、它的居民、居民子孫的仇恨。

然而她真正的目標只有一個：那個外國人。瞄準，射擊，殺死獵物。為此，需要一個計畫——也許今晚說什麼都是不智之舉，可能讓局面失控。如果需要找個什麼時間講給維斯科斯居民聽的話。她決定延遲一天再講述她和外國人的相遇。

這天晚上，當她向外國人收取慣例為大家付的一杯酒錢時，外國人遞給她一張紙條。她把紙條裝進口袋，然後發覺外國人時不時在尋找她的目光，在無聲地詢問，但她裝出無所謂的樣子。現在遊戲規則好像顛倒了：控制局面的是她，由她來選擇戰場和戰鬥時間。這就是優秀獵人的作法：創造機會讓獵物朝自己走來。

她回到家後才打開紙條，這次很奇怪，她感覺今晚能睡個好覺：那男人邀請她在相識之地見面。

紙條上說希望能單獨和她談談。但也可以當著眾人的面談，一切取決於她。她並非不知道這是一種威脅；恰恰相反，她很樂於迎接這個威脅。這證明他失去控制了，因為危險的男人或女人從不做這種事。阿哈巴——維斯科斯偉大的平定者常說：「世上有兩種傻瓜：一種是受了威脅而不採取行動，另一種是藉由威脅別人來認為自己已經採取行動。」

她把紙條撕碎扔進馬桶放水沖掉了，然後洗了個熱水澡，接著就鑽進被窩。她笑了。她已經得到自己想要的：與外國人再次見面，單獨談一談。若想知道如何擊敗他，就更要好好了解他。

8

她幾乎一躺下就睡著了——做了一個放鬆香甜的夢。與善過了一夜，與善和惡過了一夜，她還與惡過了一夜。三次都沒什麼結果，然而它們鮮明地留在她的心中，現在它們正在互相爭鬥，看誰最強大。

外國人出現的時候，香塔兒已經渾身濕透；暴風雨又來了。

「我們不要談天氣，」她說，「現在正在下雨，這你也看到了。我知道一個地方，我們去那兒談更好。」

她站起來，然後拿起一個長帆布包。

「你那裡面是支獵槍，」外國人說。

「沒錯。」

「你想殺了我。」

「是的。我不知道辦不辦得到，但我很想這樣做。不過，我帶槍來還有一個目的：我在路上可能遇到那隻可惡的狼，我要殺了牠，成為維斯科斯最受尊敬的人。昨天我聽見牠叫了，雖然沒有人相信我。」

「什麼可惡的狼？」

她猶豫了，不知道該不該對自己視為敵人的人表示親近。不過，她想起一本關於日本武術的書——她總是看客人扔在旅館裡的書，什麼書都看，因為她不喜歡花錢買書。書上寫道，對付敵人最好的方法就是讓他相信你站在他那一邊。

行走在風雨中時，她講了這個故事。說是兩年前，維斯科斯的一個人——確切來，是城裡的鐵匠——他出去散步，這時，他與一條狼和牠的孩子不期而遇了。男人嚇了一跳，抓起一根樹枝就朝狼打過去。一般來講，狼是要跑的，但牠還帶著幾隻狼孩子呢。於是牠反擊了，並咬住了他的大腿。鐵匠，這個從事的職業就是需要強大力量的男人，奮力地打牠，狼終於退縮了，帶著牠的孩子鑽進樹林裡，再也沒有露面。大家只知道這匹狼的左耳上有一塊白斑。

「為什麼是『可惡的狼』呢？」

「即使是最野蠻的動物，一般也不進攻的，除非情況特殊，比如說這次是為了保護牠的孩子。此外，牠們如果進攻並嚐到人血，就會變得很危險；牠們的貪欲會增加，就不再只是野獸，而會變成殺人犯。大家都認為，總有一天這匹狼會捲土重來。」

「這正是我的故事。」外國人心想。

香塔兒想盡可能走快一些，因為她年輕，準備充分，並且想讓這個跟她一起走的男人疲勞出醜，從心理上壓倒他；但他卻從容應付。雖然有點喘，但他沒有要求走慢一點。他們來到一個偽裝得很好的綠色小塑膠帳篷前，這是獵人們用來狩獵的。他們坐了進去，一邊喘氣一邊搓著冰冷的雙手。

「你要做什麼？」她問道。「為什麼塞給我紙條？」

「讓你猜個謎吧：在我們生命中的每一天裡，從不到來的是什麼？」

香塔兒沒有回答。

「是明天，」外國人說，「不過，看上去你是相信明天會到來的，所以你延遲去做我所請求的事情。今天是週末了；如果你再不說，我就打算自己去說了。」

香塔兒走出帳篷，走到安全距離外，然後解開帆布包，取出獵槍。但外國人好像不在乎。

「你動金條了，」他又說道，「假如要寫一本關於你的經歷的書，你認為大多數讀者——他們是一些要面對一切要面對的困難、經常遭到生活和其他人不公正的對待、得為孩子的學費和一日三餐而奮鬥的人——他們會希望你拿起金條逃走嗎？」

「不知道。」她邊說邊裝上一發子彈。

「我也不知道。這正是我所期望的回答。」

她又裝了一發子彈。

「你準備殺了我，你想用尋找一隻狼的故事困住我。沒有關係，因為這等於回答了我的問題：人類本質上是惡的，遙遠村莊裡一個女服務生都會為了金錢而犯罪。我要死了，但現在我知道答案了，我死而無憾。」

「拿著，」她把槍遞給外國人，「誰也不知道我認識你。你填的資料全是假的。你隨時可以離開，而且我想，你可以去世界上任何一個地方。不需要瞄得多準：只要把槍對準我，然後扣下扳機就行了。子彈裡是一些小鉛粒，一旦打出去，就會散開成錐狀。是用來打鳥和殺人的。你要是不想看著我的身體被打爛，可以別開視線。」

男人的手指搭在扳機上，對準了她。讓她吃驚的是，他持槍很標準、很專業。他們就這樣僵持了好一會兒。她知道，倘若腳底下猛地一滑，或是突然竄出一隻動物嚇他一跳，都會使他扣下扳機，那槍也就會響了。她本來想挑釁他，想刺激他，從中得到快樂；想告訴他他做不了要求別人做的事情，這一刻她才驚覺到自己的行為有多麼天真幼稚。

外國人持槍對著她，他眼不眨、手不抖。現在說什麼都晚了——他心裡也許認為殺掉這個向自己挑釁的女孩也不是什麼惡念。香塔兒正準備請求他原諒，但還沒等她開口，外國人就放下了槍。

「我幾乎能觸摸到你的恐懼了，」他說著把槍還給香塔兒，「我聞到了流淌的汗水，雖然雨水能遮住它；我聽見你的心在怦怦跳，幾乎快蹦出喉嚨了，雖然有風吹樹葉的嘩嘩聲。」

「我去做你今天晚上要我做的事。」香塔兒說道，裝作沒聽見他剛才說的話。「總之，你到維斯科斯來是因為你想更進一步了解它的本性到底是善還是惡。有一件事我剛才已經向你表明：不論我現在感受到什麼或不想感受到什麼，你大可以扣動扳機，但你沒有做。知道是為什麼嗎？因為你是怯懦的人。你用別人來解決自己的矛盾，你舉棋不定。」

「有個德國哲學家說過：『甚至對上帝來說都有個地獄：即他對人類的愛。』妳說的不對，我不是個怯懦的人。我曾經扣動過比這把槍更糟的扳機：老實跟妳說，我製造過更精良的武器，並賣到全世界。一切都是合法製造，有政府批文，有出口大印，並照章納稅。我和一個愛我的女人結婚，生了兩個漂亮女兒，我從來沒有從公司挪走過一分錢，我一向清白只要求屬於自己的東西。

「你和我不一樣，你總覺得被命運捉弄，我卻是個不屈不撓的人，能與艱難奮戰，我失敗過，也得勝過，然而我懂得勝利與失敗是所有人的人生中的一部分——這個所有人不包括你所說的怯懦者，因為他們從來沒有失去或獲得什麼。

「我看過很多書。我以前常去教堂。我害怕上帝，我遵守他的戒律。當時我是一個收入頗豐的大公司領導人。每做成一筆生意我都有佣金，賺的錢足以養活我的妻子、女兒、孫子和曾孫。軍火生意可是世界上最賺錢的買賣。我知道所賣出的每一個物件的價值，所以我親自打點買賣；我發現一些腐敗的事情，於是請他們走人，並停止了銷售。我的武器製造出來是為了維護秩序，是保持世界進步和建設的唯一方法，我是這麼想的。」

外國人走過來，抓住香塔兒的雙肩。他想讓她看著自己的眼睛，讓她相信自己講的是真話。

「你也許認為造槍的人是世界上最壞的人，你也許有道理。然而事實卻是，自從洞穴時代起，人類就使用武器了——最初是用來獵殺動物，後來就變成用來奪取別人的權力。這個世界曾經沒有農業，沒有畜牧，沒有宗教，沒有音樂——但從不曾沒有武器。」

他從地上撿起一塊石頭。

「看這個：這就是最原始的武器，是自然之母慷慨給予那些需要面對史前動物的人類。這樣一塊石頭應該救過一個人的命，而這個人的後代，繁衍生息，到了我和你。假如他沒有這塊石頭，肉食動物也許早就吃了他，那麼就不會有今天的上億人口了。」

風變大了。雨還在下個不停，但他眼睛動也不動。

「因此，雖然有許多人批評獵人，但維斯科斯卻盛情接待他們，因為這座城要靠他們維生。有人仇恨鬥牛場上的鬥牛，卻去肉店買肉，美其名說動物是『體面』被宰殺的。同樣，也有許多人批評武器製造商，儘管如此，他們仍將存在直到世界上再沒有一件武器。因為只要有一件，就會有另一件，不然，就會失衡，就會發生危險。」

「這和我的城市有什麼關係？」香塔兒問，「這和破壞戒律、罪行、偷竊、人類本質、善與惡有什麼關係？」

外國人眼光變了，好像充滿深深的憂愁。

「記住我一開始對你說的話：我是依法做我的買賣，大家習慣稱我為『一個善人』。一天下午，我在辦公室接到一個電話：是一個女人的聲音，語調柔和卻不帶任何感情，她說她的恐怖組織綁架了我的妻子和女兒們。他們要求一大筆我可以付得出的贖金：武器。他們要我保持沉默，還說如果我照他們的指示，我的家人就不會有事。

「那個女人說半小時後還會來電話，要我到火車站一個指定電話亭去等，說完就掛了。她說不用擔心錢的問題，一切都會處理好的，而且幾個小時之內就可以付清款項了——而我所需要做的就是向某國的子公司發個電子指令就行。實際上，這根本不是什麼偷竊，而是一次非法出售，甚至在我公司裡也完全可以做到神不知鬼不覺。

「作為一個被教育就是要守法並被法律保護的公民，我做的第一件事就是報警。緊接著我就成了一個不能自己做主、無力保護家人的人了。我的世界裡全是匿名的聲音和瘋狂的電話。當我走向指定電話亭時，一大群技術人員已經把地下電話線與最先進的儀器連在一起，準備在第一時間偵察出來電者的準確位置。直升機隨時準備起飛，車子擺開陣勢阻斷交通，訓練有素、全副武裝的人員隨時準備出動。

「在不同大陸相距遙遠的兩國政府已得知消息，並禁止了一切買賣；而我所應該做的就是接受指令，重複要我說的話，表現出專家要求我做出的樣子。

「傍晚時分，關押人質的地方被攻破，而劫持人質者——兩個年輕人和一個女孩，看樣子沒有任何經驗，僅僅是某個強大組織的幾個小卒子——已經中彈身亡。然而，在被打死之前，他們先殺了我的妻子和女兒。如果連上帝都有地獄的話，即他對人類的愛，那麼任何人身邊都有個地獄，那就是對家人的愛。」

他停頓了一下：他怕聲音走樣，真情流露。等他恢復平靜後又開口：

「警察和劫持人質者用的都是我的企業製造的武器。誰也不知道它們怎麼到恐怖分子手中，不過這並不重要；它們就在那裡。儘管我小心翼翼，確保一切嚴格按規定生產銷售，但我的家人還是死在了我某個時刻、很可能是在某個昂貴飯店裡吃晚餐時談著天氣和國際政治時出售的武器之下。」

他再次停了下來。等他重新開口時，像是換了個人，好像那一切都與他無關。

「我很熟悉殺死我家人的武器和彈藥，而且我知道子彈打到了哪裡：打在胸上。子彈穿進去時只留下一個小孔，比你的小拇指還小。而這子彈一旦碰到第一根骨頭，就會一分為四，每一部分又繼續朝不同方向前進，猛烈摧毀它所碰到的一切：腎臟、心臟、肝臟、肺。一旦碰上一些很堅硬的東西，比如說椎骨，它就改變方向，通常它都攜帶著尖尖的碎片和打爛的肌肉——直到最後從身體裡穿出來。這四個出口每一個幾乎都有拳頭大小，而且這子彈還有力量把從身體裡帶出來的纖維、肉和骨頭碎片撒向大廳。

「這一切發生在不到兩秒鐘的時間裡；兩秒鐘內就死了可能沒有什麼痛苦，但時間不是這樣計算的。你明白的，我希望你明白。」

香塔兒點了點頭。

「那一年我放棄了工作。我雲遊四海，獨自為自己的痛苦哭泣。我問自己，人類為什麼能如此殘酷。我失去一個人最重要的東西：對同類的信任。當上帝用如此荒唐的方法向我表明我是善與惡的一個工具時，祂的諷刺讓我笑，也讓我哭。

「我的同情心慢慢消失，如今我的心已經死了；是活是死，無所謂了。但在這之前，以我妻子和女兒的名義，我必須知道在那個關押處到底發生了什麼。我明白可以是為恨或是為愛而殺人，但我真的不明白，為了買賣就殺人？

「也許你覺得這是天真幼稚。總之，人們每天都在為了錢而自相殘殺，但我對此不感興趣，我只在乎我的妻子和女兒。我想知道那些恐怖分子的腦袋裡在想什麼。我想知道，在某一時刻他們是否可以發發善心放了她們，因為那場戰爭又不是我家的戰爭。我想知道當惡與善交鋒時，是否存在善能取勝的瞬間。」

「為什麼選維斯科斯？為什麼選我的村莊呢？」

「世界上有許多兵工廠，有些沒有受到任何政府控制，為什麼偏要選我的工廠的武器呢？答案很簡單：偶然。我需要找一個小地方，那裡所有人都互相認識，相處和睦。在知道報酬後，善與惡將再次相遇，那關押處所發生的事情，將在這座小城重演。

「恐怖分子已經被包圍、已經完蛋；即使如此，他們也要把人殺了來履行一個無用、空虛的儀式。你的村莊有我沒有得到過的東西：選擇的可能性。他們將利慾薰心，他們會相信自己有保護和拯救此城的使命——不過，即便如此，他們也會在是否殺死人質上遲疑不決。就是如此：我想看看別人與那幾個可憐而又殘酷的年輕人作法有何不同。

「正如第一次見面時我所說的，一個人的歷史就是整個人類的歷史。如果存在同情心的話，我會認為我的命運對我來說太殘酷了，然而有時它對別人卻是甜蜜的。儘管改變不了我的感受，不會讓我的家人復生，但至少它會趕走亦步亦趨並讓我喪失希望的魔鬼。」

「那你為什麼想知道我會不會去偷它呢？」

「同樣的理由。也許妳把事物分為輕罪和重罪：不是這樣分的。我相信恐怖分子也是如此來劃分世界：他們認為自己在為某種理念殺人，而不僅僅是為了快樂、愛情、仇恨和金錢。如果你拿走金條，你就得為自己的罪自圓其說，也會馬上向我解釋，而我認為這就像殺人犯殺死我親人後自我辯解一樣。你應該注意到了，這些年來，我一直力圖了解所發生的事情；我不知道這是否給我帶來和平，但我別無選擇。」

「假如我偷了，你將永遠不會再看到我。」

在差不多有半個小時的交談中，外國人第一次露出一絲微笑。

「你不要忘了我曾經搞過武器買賣。這裡面可是有機密部門的。」

8

他請她帶他回到河邊，因為他不曉得怎麼回去。香塔兒拿起獵槍——這把槍是一個朋友借給她的，她的藉口是自己壓力太大，看看能否藉著打獵紓解一下——她把它重新裝入帆布袋，然後他們下山。

一路上他們一句話也沒說。到了河邊，他告辭說：

「我理解你為何遲遲未決，但我不能再等了。當然我也理解，你為了和自己對抗，需要更加了解我：現在妳已經認識我了。

「我是一個與魔鬼同行的人，至於是徹底趕走它，或是接受它，我得先知道幾個問題的答案。」

聽見餐叉連續敲擊杯子的聲音，大家都轉向聲音來源。這個星期五酒吧裡擠滿了人。是普里姆小姐請大家靜一靜。

大家立刻安靜下來。一個負責招待顧客的女孩如此行事，這可是小城裡從沒有過的事情。

「可能她有什麼重大的事要宣布，」旅館老闆娘心想，「或者她今天想被開除，雖然我答應過她外婆不讓她無依無靠。」

「我希望大家聽我說，」香塔兒說道。「我要講一個除了我們的來訪者之外大家都知道的故事，」她指了指外國人，「然後我再講一個除了我們的來訪者之外大家都不知道的故事。當我講完這兩個故事後，再由你們來判定我打擾你們勞累一週後應該享受的週五休息是否恰當。」

「事情有點鬧大了，」神父心想，「她能知道什麼我們不知道的？儘管她是個可憐的孤兒，一個生活乏善可陳的女孩，但這也很難讓老闆娘讓她再做下去。」

哎，也不是那麼難辦，他又想。誰不犯錯呢，發個兩三天火，然後一切都會被原諒。在這座小城，還找不出第二個能在那裡工作的人呢。這是一個年輕女孩的工作，而維斯科斯已經沒有年輕人了。

「維斯科斯有三條街，一個有十字架的小廣場，一些破舊的房子，一個旁邊就是墓地的教堂。」她開始講起來。

「請等一下！」外國人說。

他從口袋裡掏出個小錄音機，打開後，把它放在桌子上。

「只要是關於維斯科斯歷史的事我都感興趣。我想一字不漏地記住，所以我希望你不介意我錄音。」

香塔兒不知是該介意還是不介意，但是，沒有時間可以浪費了。幾小時前她還在和自己的恐懼對抗，最後她鼓足勇氣開始，所以不能再被打斷了。

「維斯科斯有三條街，一個有十字架的小廣場，一些破舊的房子，還有一些保留得不錯的房子，一家旅館，一個郵筒，一個旁邊就是墓地的教堂。」

至少這次描述得更詳細一些。她已經不那麼緊張了。

「正如大家所知，這裡曾是犯罪分子的藏身之地，直到我們偉大的立法者阿哈巴被聖薩萬改變後，他就把這裡變成如今只住著好心腸的男人和女人的小城了。

「我們這位外國人有所不知，我正要說的是阿哈巴用來達到目的的方法。他從沒想過說服誰，因為他清楚人類的本性；他們把正直和軟弱混為一談，自然他的能力就受到質疑。

「他所做的是叫來鄰村幾個木匠，給他們一張設計圖，然後讓他們在如今是十字架的地方建個東西。十天裡居民無論白天或黑夜都聽見錘子聲，看著他們鋸木頭、打榫眼、上螺絲。十天後，一個巨大的東西豎立在廣場中央，上面蒙著帆布。阿哈巴召集維斯科斯所有居民來參加揭幕儀式。

「他什麼也沒說，莊重地拉下帆布：是一座絞架。上面繩子、活板等等一應俱全。嶄新的絞架上塗著蜂蠟，為的是讓它能長期經受風吹雨打日曬。趁著民眾全聚在此的機會，阿哈巴宣布種種保護農民、促進畜牧業、獎勵為維斯科斯引進買賣等一系列法律，他還說，從今以後，大家應該找一份正當的工作或是搬到其他城市。他只說了這些，隻字未提剛揭幕的『紀念物』。阿哈巴是一個不相信威脅的人。

「這次聚會之後，形成一些派別。大部分人認為阿哈巴上了那個聖人的當，已經失去以往的膽量，必須殺了他。隨後的日子裡，他們為此設計了種種計畫。但是每個人都不禁看著廣場中心的那座絞架，相互問道：它立在那裡有什麼用處？是不是用來絞死不接受新法的人？誰站在阿哈巴那一邊？誰又不在他那一邊？我們之中有沒有奸細？

「絞架望著人們，人們也望著絞架。時日一久，反叛者最初的勇氣讓位給了恐懼。大家都了解阿哈巴，知道他是個說一不二的人。於是有些人離開這裡，而另一些人若不是沒有地方可去，就是由於廣場中心那絞架無形的壓力，決定試試所建議的新工作。過了些日子，維斯科斯平靜下來，變成一個大型邊貿中心，開始出口上好羊毛和出產優質小麥。

「絞架一立就是十年。木架還很結實，不過繩子是定期更換的。絞架從未使用過。阿哈巴也從未提起過它。他的形象就足以讓他們的勇氣轉為恐懼，他們之間的信任轉為猜疑，勇敢無畏故事變成是否要接受現實的私語。十年後，當法律最終統治維斯科斯，阿哈巴叫人把絞架拆除，並用拆下的木材在原地建了個十字架。」

香塔兒停頓了一下。酒吧裡鴉雀無聲，這時響起外國人一個人的掌聲。

「動聽的故事，」他說。「阿哈巴的確了解人類本性：並不是按照社會要求去遵紀守法的意願發生作用，而是懼怕懲罰。我們每個人心中都有一座絞架。」

8

「今天，應外國人的請求，我正在去掉那座十字架，而在廣場中心架起另一座絞架。」女孩繼續說道。

「他叫卡洛斯，」有人說道，「他的名字叫卡洛斯，叫他的名字，不要叫他『外國人』，這樣顯得更有教養。」

「我不知道他的名字。他在旅館登記的資料全是假的。他從不用信用卡付賬。我們不知道他從何而來，去往何方；甚至他打給機場的電話也是騙人的。」

大家的目光都轉向那個男人，而男人的眼睛卻一直盯著香塔兒。

「同樣，他講實話時，你們又不信；他確實在一家兵工廠做過，他經歷過很多風險，從慈善的父親到無情的商人，他曾經是不同角色的人物。你們居住在這裡，不可能明白生活要比你們所想像得複雜多了。」

「最好讓這女孩馬上解釋一下。」旅館老闆娘心想。而香塔兒正好開始解釋。

「四天前，他給我看了十根很重的金條。這些金條能保證維斯科斯所有居民未來三十年不愁吃穿，還可以在城裡進行重要改革，為兒童建立一個公園，希望他們有朝一日能回來。接著，他就把金條藏到樹林裡，藏在哪裡我就不知道了。」

大家的目光再次轉向外國人，這次他也看著大家，並點了點頭。

「在今後三天裡，如果此地有誰被殺，金條就歸維斯科斯了。如果沒有人被殺，那外國人就會帶上金條走人。

「好了，就這些。我已經說了我該說的，我已經重新把絞架立在廣場上。只是這次目的不是為避免犯罪，而是為了讓一個無辜者吊在那裡，而這個無辜者的犧牲會換來這座城市的繁榮。」

大家的目光第三次轉向外國人，他再次點了點頭。

「這個女孩很會講故事。」他邊說邊關上錄音機，並把它放回口袋裡。

∞

香塔兒轉向水池，開始洗杯子。維斯科斯的時間似乎停滯了，大家相對無言。唯一的聲響就是水流聲，杯子放在大理石面上的響聲，還有遠處吹在光禿禿樹枝上的風聲。

市長打破沉默。

「我們去報警。」

「去吧，」外國人說，「我這裡有錄音帶。我唯一的一句評論就是：『這女孩很會講故事。』」

「麻煩，請你上樓去，收拾好東西，然後馬上離開這個城市。」旅館老闆娘請求道。

「我付了一週的住宿費，我要住上一週。這好像不用報警吧。」

「你沒想過被殺的可能是你嗎？」

「當然想過。我無所謂。不過。如果你們殺了我，你們會犯罪，而且永遠得不到我答應的報酬。」

∞

酒吧裡的人陸續往外走，先是最年輕的，再來是最老的，最後只剩下香塔兒和外國人。

她拿起包包，穿上外套，走到門口時又轉身面對外國人。

「你是一個受過苦並希望復仇的人，」她說，「你的心已經死了，你的靈魂已經暗淡無光。伴隨你的魔鬼在微笑，因為你在做它設定的遊戲。」

「謝謝你做了我所請求的事情。同時也謝謝你講了關於那個綁架的有趣而真實的故事。」

「在樹林裡時你說過想找到某些問題的答案，但是從你計畫的方法來看，只有惡才有報酬。如果沒有人被殺，善除了被讚美外什麼也得不到。正如你所知，讚美不能當飯吃，解決不了饑餓，也拯救不了這座衰敗的城市。你似乎不想回答任何問題，只不過想確信一件你抱持絕望所相信的事情：所有人都是惡的。」

外國人的眼神變了，香塔兒感覺得到。

「如果說所有人都是惡的，那麼你所經歷的悲劇正好說明了這一點，」她接著說道。「這樣就更容易接受你失去妻子、女兒的事實。但是，如果存在善人，那麼不管你如何抗拒，你的生活都會變得無法忍受，因為命運給你設下了陷阱，而且你知道你命不該此。你並不祈求光芒重現：因為你確信除了黑暗之外什麼也沒有。」

「你到底要說什麼？」他聲音裡透著一種有所控制的緊張。

「要一種更為公正的打賭。如果三天內沒有人被殺，這座城必須得到那十根金條，作為對它居民完好無缺的獎勵。」

外國人笑了。

「我也該得到我的金條，作為我參與這場骯髒遊戲的報酬。」

「我不是傻瓜。如果我接受這個條件，妳首先要做的就是到外面去把這件事告訴大家。」

「這樣做有危險，我不會這樣做。我以我外婆和我永恒的拯救名義發誓。」

「這不夠的。誰知道上帝聽不聽得見發誓，誰又知道有沒有永恒的拯救。」

「你知道我不會說，因為我在小城中心立起一座新的絞架。任何把戲都會輕易被看破。再說，即使我現在出去把剛才說的講給大家聽，也不會有人相信；就像拿著金條對維斯科斯居民說：『看啊，不管做不做外國人所要求的，這金條歸你們了』一樣。這些男男女女習慣了艱苦勞動，他們用自己臉上的汗水掙來每一分錢，而且從不認為天下有白吃的午餐。」

外國人點了一支菸，喝光自己杯中的酒，然後從桌旁站了起來。香塔兒開著門在等他的回答，寒氣鑽進酒吧裡。

「什麼圈套我都會發現的，」他說，「我是一個習慣與人類對抗的人，就像你們的阿哈巴一樣。」

「我相信。也就是說『同意』囉。」

他只是點了點頭。

「還有一點：你還是相信人可以是善的。如果不是這樣，你就不會做這種傻事來說服自己了。」

香塔兒關上門，走入城裡唯一一條大街——街上一個人影都沒有——她不停地抽泣。無意間，她最終捲入了這場遊戲中；雖說世界上什麼惡都有，但她賭了人類是善的。她絕對不會向任何人講出剛才和外國人談的事，因為現在她也需要知道結果。

儘管街上杳無人跡，但她知道在窗簾後面，在沒有燈光的屋子裡，維斯科斯所有的眼睛都在伴著她走回家。無所謂；天很黑，他們看不到她在哭泣。

男人打開自己房間的窗戶，希望寒冷能讓魔鬼的聲音有片刻的停息。他沒能如願以償，魔鬼因為剛才女孩所說的話，比以往更加躁動不安。多年來他頭一次看到它衰弱無力，而且有一刻他發現它遠去了——隨後帶著不強不弱、正常熟悉的樣子馬上返回來。它一直住在他腦子的左側，恰恰是管理邏輯和理性的部分，但它從不讓人看見它的身形，因此他只能想像它應該是什麼樣子。從長了犄角和尾巴的常規魔鬼，到頭髮上掛滿果實的金髮女郎，他什麼樣子都想過了。最後他選定了一個二十多歲、穿著藍襯衫黑褲子、黑髮上扣著一頂令人厭惡的綠色貝雷帽的年輕男人的樣子。

他放棄公司後就去了某個島上，在那裡他第一次聽到它的聲音；他當時正在海灘上，心中充滿痛苦，但還是非常渺茫地試圖相信痛苦總有盡頭，就在此時他看見了一生中看過最美的日落。此刻他內心深處的絕望劇增——因為那個黃昏值得他妻子和女兒看到。他不由自主地哭起來，並預感自己也許會墜入深淵再也不能自拔。

這時，一個和藹可親的聲音在耳邊響起，這個聲音對他說他不是孤單一人，發生在他身上的一切表明一個意思——人的命天註定。悲劇總在發生，而我們做任何事情都不可能改變等候我們的惡的軌跡。

「善並不存在，善行只是恐懼的面孔之一，」這個聲音說，「當人類理解這個道理時，就會明白這世界不過是上帝的一個玩笑而已。」

接著，這個聲音——它自稱世界的王子，是地球上形形色色事物的唯一知情者——指給他看海灘上的人群。看那個優秀的父親，這時正在打包並幫兒子們穿上保暖衣服，但他卻很想和女秘書來一段婚外情，可是又害怕老婆的反應。至於他的老婆，是個喜歡工作又獨立的人，但是她也害怕丈夫的反應。表現很不錯的孩子們呢，他們害怕被處罰。看那個正在看書的女孩，她獨自一人待在遮陽傘下，裝出無動於衷的樣子，其實她心裡很害怕以後可能孤獨一生。那個拿著球拍正在活動身體的年輕人，他害怕的事情是必須回應父母的期望。那個在招待有錢人喝熱帶飲料的侍者，他害怕隨時被辭掉。那個小姐，她本來想當舞蹈演員，卻在讀法律，她害怕鄰居說三道四。那個老頭，不抽菸不喝酒，嘴上說是甘願如此，其實他害怕死神已經像輕風一樣在他耳畔竊竊私語了。那對夫婦，嘴上掛著微笑，踏著浪花跑了過來，而他們隱隱地害怕自己會變老、沒了興致、變成不中用的人。那個曬得黑黑的男人，把船停在大家面前，微笑著向眾人揮手致意，他也害怕，害怕可能隨時丟了自己的錢。還有那飯店老闆，看著辦公室裡天堂般的景致，想讓大家都快樂有活力，他嚴格要求會計，但心中也害怕，因為他知道，他再誠實，政府人員也總能如願發現他賬目上的漏洞。

在那個悠閒的黃昏裡，海灘上每個人心中都有所害怕。害怕孤獨，害怕魔鬼出沒的黑暗，害怕操行準則手冊之外的事情，害怕上帝的審判，害怕別人的評論，害怕對任何錯誤的處罰，害怕冒險和失敗，害怕成功後遭人嫉妒，害怕被拒絕的愛，害怕要求加薪資，害怕接受邀請，害怕去一個陌生的地方，害怕不會講外語，害怕無力感動別人，害怕衰老，害怕死亡，害怕由於自己的缺點而被注意，害怕沒有缺點、沒有特性而不被注意。

害怕，害怕，害怕。生活就是害怕，就是斷頭台的陰影。「我希望聽到這些事情會讓你平靜一些，」他聽見魔鬼的聲音。「大家都在擔心害怕，你不孤獨。唯一的區別是你已經經歷了最困難的時刻，你最害怕的已經變成了事實。你沒有什麼可失去的了，而這些在海灘上的人，害怕伴隨著他們，有些人意識到，而有些人則佯裝不知，但大家都知道它存在，它終會來臨。」

宛如幻覺，他聽到的那些話讓他輕鬆舒暢許多，好像別人的遭遇緩解了自己的痛苦。從此，魔鬼越來越頻繁地出現了。他與它相處了兩年，知道它已經完全占據自己的心靈，這對於他，說不上是愉快還是憂愁。

隨著越來越習慣和魔鬼在一起，他更想知道這個惡的起源，但他的一切問題都沒有得到一個準確的回答。

「想知道我為什麼存在是沒有用的。如果你想有個解釋，你可以認為我是上帝因一時疏忽決定造出世界後，所找到的進行自我懲罰的一種方法。」

∞

既然魔鬼不想多談自己，這個男人就開始四處尋找任何有關地獄的資料。他發現大部分宗教都有所謂的「懲罰之地」，那個給社會（一切都好像是個社會問題而不是個人問題）上犯了某些罪的不死靈魂去的地方。有些人說，一旦遠離軀體，精神就會穿過一條河並遇見一隻狗，進入一個再也出不來的門。因為屍體是放入墓穴中的，所以這個磨難之地一般都被認為是黑暗的、且位於地球內部；由於有火山，人們知道地球內部到處是火，於是人類的想像力就創造出折磨有罪之人的火焰。

他在一本阿拉伯文書中看過對懲罰非常有意思的描述，書中寫道：一旦離開軀體，靈魂會走在一座細如刀刃的橋上，右邊是天堂，左邊是一連串通向地球內部黑暗處的圓圈。在過橋之前（書中沒有說這座橋通向何方），每個靈魂都右手拿著德行，左手拿著罪惡——倒向何方取決於生平的所作所為。

基督教說那是一個傳出哭泣和咬牙聲音的地方。猶太教說那是一個地穴，裡面空間有限——等哪天裝滿靈魂後，世界末日也就到了。伊斯蘭教說是火，在那裡靈魂被火烤著，「除非上帝希望不要這樣了」。印度人認為，地獄從來不是一個永久磨難之地，因為他們相信一段時間以後，靈魂還會回到身上，然後回到犯罪原地——也就是說，回到世界上——去贖罪。即便如此，在他們稱之為「下等地」裡，也有二十一種苦難之地。

佛教徒也把靈魂所面對的各種懲罰分門別類；除了一個在那裡受懲罰者感受不到冷熱只感到極其饑渴的王國外，還有八種火熱地獄，八種寒冷地獄。

然而，沒有什麼能和中國人所構想的龐大種類相提並論；與其他把地獄放在地球內部的人相反，在他們那裡有罪之人的靈魂是上到一座山上，這座山叫「小鐵圍柵」，它又被一個「大圍柵」所環繞。在兩柵之間有八層大地獄，每一層控制著十六個小地獄，小地獄又控制著上千萬個更小的地獄。中國人還解釋說魔鬼們是由那些已經服過刑之人的靈魂所形成。

而且，中國人是唯一以令人信服的方式解釋魔鬼起源的人——它們是惡的，因為它們在肉體上已經體驗過惡，爾後，在一種永恒的復仇循環中，把惡傳給他人。

∞

「這件事也許正發生在我身上。」外國人想起普里姆小姐的話，自言自語道。魔鬼也聽過她說的話，而且它感到艱苦奪取的陣地已喪失了一些。它收復失土的唯一方法就是不讓外國人的思想中留下任何疑問。

「是的，你有過疑問，」魔鬼說，「不過恐懼永遠都在。綁架的故事講得很好，解釋得非常清楚：人之所以善是因為存在恐懼，但本質是惡的，他們都是我的後代。」

∞

外國人冷得發抖，但還是決定再開一會兒窗戶。

「上帝，我不應該承受發生在我身上的事。如果你對我如此，我也可以如此對別人。這才是公正。」

魔鬼嚇了一跳，但它決定保持沉默——不能表現出它也害怕。這男人在咒罵上帝，而且在為自己的行為辯解——兩年來，這是它第一次聽見他向上帝說話。

這是一個不好的徵兆。

「這是一個好徵兆。」聽到麵包車喇叭聲響時，香塔兒的腦袋裡閃出的第一個想法就是這個。維斯科斯的生活還是一如往常，麵包照常送來，居民會走出家門，整個星期六及星期天他們都會議論外國人所提出的瘋狂建議，然後會在星期一的早上——帶著些許悔恨——看著他離去。於是，在下午時分，她會向他們公開她所打的賭，告訴他們已經獲勝，已經富有。

她永遠不會成為聖人，她不是聖薩萬，但多少代以後，人們也許會記住是她把此地從惡的第二次光顧中解救出來；也許會生出許多有關她的傳說，很有可能此地未來的居民會把她說成一個漂亮的女人，唯一年輕時沒有拋棄維斯科斯的女人，因為她知道自己有一個使命要完成。虔誠的太太會為她燒香，年輕男子會愛慕上她這位不得相識的女英雄。

她為自己感到驕傲，但她提醒自己要守口如瓶，不能提及那根屬於自己的金條，不然他們會說服她把自己的那部分拿出來分給大家，以便成為聖人。

她在以她的方式幫助外國人拯救自己的心靈，一旦上帝注意到他的行為時，一定會考慮到這一點。但是，那個男人的命運與她關係不大：現在所希望的就是接下來的兩天盡快過去，因為她心中已經藏不住這個秘密了。

∞

維斯科斯的居民比起周邊城市的人來說，不好也不壞，但可以肯定的是，他們沒有能力去為金錢犯什麼罪——對於這點她確信無疑。現在事情已經公開，任何男人或女人都不可能單獨採取行動；首先，因為報酬將平均分配，而且不會有誰想冒風險去占有別人的收益；其次，如果他們考慮去做她認為不可想像的事情，得有全體居民的合謀——或許不包括被選中的犧牲者。哪怕有一個人反對——如果沒有別人，這個反對者可能就是她——那麼，維斯科斯的男男女女就有被告發和被抓起來的風險。貧窮且正直比富有卻坐牢要好得多。

香塔兒走下台階，心想，甚至連選舉管理只有三條街的小城市，遇上這麼一個簡單事情都會引起激烈爭論和內部分化。當他們想在維斯科斯為兒童建個公園時，就亂了方寸，工程就是搞不起來——有些人說城裡已經沒有兒童，而另一些人則大喊大叫，說等孩子的父母回到這裡度假時，發現已經有所改善，就會吸引兒童回來。在維斯科斯無事不議論：麵包的品質，打獵的法律，有沒有可惡的狼，貝爾塔的古怪行為，還有普里姆小姐可能和一些房客的秘密幽會，不過，從來就沒有人敢當她的面提起這件事。

她臉上帶著生平第一次在該城歷史上扮演主角的神態走到麵包車旁。迄今為止她一直是一個無依無靠的孤兒，一個沒能結婚的女孩，一個夜晚上班的苦命人，一個找不到伴侶的不幸者；他們不會白等的。再等兩天，所有人都會來親吻她的腳，感謝她帶來了財富，感謝她的慷慨，也許還會要求她參加以後的市長競選呢（要三思而行，也許最好再等一等，享受剛剛得到的榮譽）。

∞

車子周圍的人靜靜地買著自己的麵包。大家都轉頭看她，但誰也沒說什麼。

「這座城怎麼了？」送麵包的年輕人問，「誰死了嗎？」

「沒有。」鐵匠回答說。雖說是星期六的早上，他睡到多晚都行，但他也在這裡。「有個人感覺不好，我們都很擔心。」

香塔兒不知道發生了什麼事。

「快買你的，」只聽一個人說道，「他要走了。」

她機械地把錢遞過去，拿起自己的麵包。送麵包的年輕人聳了聳肩——一副放棄了解真相的樣子——他找了錢，向大家道了早安，然後就開車走了。

「現在該我問了，城裡發生什麼事了？」由於害怕，她也不顧教養地提高嗓門問道。

「你心裡明白，」鐵匠說，「你希望我們為得到金錢而去犯罪。」

「我什麼也沒希望！我只是做了外國人要我做的！難道你們瘋了嗎？」

「你才瘋了呢。你不應該當那個瘋子的使者！你想幹什麼？你從中獲得什麼？你是想要如同阿哈巴故事那樣把這裡變成地獄嗎？你是不是忘記了尊嚴和榮譽？」

香塔兒在顫抖。

「你們瘋了，真的瘋了！難道你們中間有誰把打賭當真了嗎？」

「隨她去吧，」旅館老闆娘說，「我們去做早餐吧。」

人群慢慢散去。香塔兒還在那裡顫抖著，她拿著麵包，腳邁不動步。那些人從來都是相互之間議論紛紛，而這次真是前所未見的團結，一致認為：她是有錯之人。不是外國人，也不是打賭，而是她，香塔兒．普里姆，罪惡之始作俑者。難道世界本末倒置了不成？

她把麵包放在家門口，然後就出城直奔山上；她不覺得餓，也不感到渴，甚至可以說沒有任何欲望。她感受到了某種很重要的東西，某種使她充滿害怕、恐懼和恐怖的東西。

誰也沒有對送麵包的人說什麼。

像這樣的事件自然會有評論的——不管是帶著氣憤還是嘲笑——但是那個給這地區各村鎮送麵包和閒話家常的人，並不知道這裡發生了什麼事情就走了。完全可以斷定，維斯科斯的人當時是第一次聚在一起，還沒來得及和別人對前一天晚上的事評頭論足——雖說大家都見證了酒吧裡發生的一切，但他們下意識不約而同地保持了沉默。

或者說：也許他們每個人內心深處正在考慮著不應當考慮的事情，想像著不可想像的事情。

∞

貝爾塔叫住了她。老太太還坐在老地方，監視著這座城，然而徒勞無功，因為危險已經進來了，而且比想像得大多了。

「我不想說話，」香塔兒說，「我不能思考、不能行動，無話可說了。」

「那你就坐在這裡聽。」

她醒來後遇到的所有人中，貝爾塔是唯一禮貌待她的人。香塔兒不只坐下，而是擁抱了她。她們就這樣待了好長時間，直到貝爾塔先開口。

「妳到樹林裡去吧，去清醒一下頭腦。妳知道這不是妳的問題。他們也明白，但他們需要一個肇事者。」

「是那個外國人！」

「我和妳都知道是他。沒有別人。大家都認為你被出賣了，你應該先講出一切，是你不相信他們。」

「被出賣了？」

「是的。」

「他們為什麼要這麼認為呢？」

「你想呀。」

香塔兒想了想。因為他們需要一個肇事者。一個犧牲品。

「我不知道這故事如何結局，」貝爾塔說。「維斯科斯是善人的城市——雖然如你所說他們有點怯懦。即使如此，也許你最好還是遠離這裡一段時間。」

老太太真愛開玩笑。沒人會把外國人的打賭當真的。沒有人會如此。此外，她沒有錢，也沒地方可去。

不對，一根金條在等著她呢，她可以把它帶往世界任何地方。但她真的不願意想這個。

這時，像是命運的嘲諷，那個男人從她們面前經過，像每天早上一樣朝山那邊走去。他向她們點頭打了招呼，然後繼續走他的路。貝爾塔目送他遠去，而香塔兒想看看城裡是不是有人看見他和她們打招呼了。他們會說她是同謀。會說他們之間有暗號。

「他表情越發嚴肅了，」貝爾塔說，「有點奇怪。」

「也許他發現他的玩笑變成了事實。」

「不對，沒那麼簡單。我也不知道為什麼，但是……好像是……我也不知道為什麼，不知道。」

「我丈夫應該知道。」貝爾塔心想，她感受到一種緊張且令人不舒服的感覺從左側襲來。還沒有到和他說話的時間呀。

「我想起了阿哈巴。」她對普里姆小姐說。

「我不想聽阿哈巴，不想聽故事，什麼都不想聽！我只希望這個世界恢復原狀，希望維斯科斯就算缺點再多也不要被一個男人的瘋狂毀掉！」

「看來你比你所想的更愛這個地方。」

香塔兒顫抖不止。貝爾塔又擁抱了她，像對自己從未謀面的女兒一樣把她的頭靠在自己的肩上。

「都說阿哈巴有個關於天堂和地獄的故事，過去都是父母講給子女聽，如今已經被人遺忘了。故事裡有個男人，和他的馬還有狗一起在路上走。走到一棵大樹旁時，一道閃電打下來，於是大家都被雷電劈死了。但是那個男人沒有感覺到自己已經離開了這個世界，還和他的兩隻動物繼續向前走。有時，死人確實需要時間來發覺自己的新處境……」

貝爾塔想到了自己的丈夫，他一直要她叫女孩離開，因為他有重要的話要說。也許該是告訴她他已是死人的時候了，不要讓他打斷故事。

「上山的路很漫長，烈日當頭，他們汗流浹背，口渴難熬。在某個拐彎處，他們遠遠望見一個宏偉的大理石門，它通向一個鋪著金塊的廣場，在廣場中央是一泓清澈的噴泉。步行者上前向看門人打招呼。

「『早安。』

「『早安。』看門人回應道。

「『這裡是什麼地方？這麼漂亮。』

「『這裡是天堂。』

「『太好了，我們到天堂了，我們口很渴。』

「『您可以進去隨便喝。』看門人指了指泉水說道。

「『我的馬和狗也渴了。』

「『非常遺憾，』看門人說，『這裡不允許動物入內。』

「只見這個人非常沮喪，因為他太渴了，但他不會獨自一人去飲水的。他謝過看門人，繼續向前走。又往山上走了好久，已經筋疲力盡。這時他們又來到一處，這裡的大門陳舊，門後是一條土路，門兩旁是樹木。在一棵樹蔭下，躺著一個男人，頭上蓋著頂帽子，好像在睡覺。

「『早安。』步行者說。

「那個男人點頭回應了一下。

「『我、我的馬和我的狗，我們都很渴。』

「『在那堆石頭上有處泉水，』那男人用手指著說，『你們可以隨便喝。』人、馬、狗都來到泉水旁，猛喝一通。

「步行者再次道謝。『想來就來。』那男人說道。

「『順便問一句，這地方叫什麼？』

「『天堂。』

「『天堂？可是那大理石門的看門人說他們那裡是天堂呀！』

「『那裡不是天堂，那裡是地獄。』

「步行者糊塗了。『你們應該禁止他們用你們的名字！這種假冒會造成很大混亂的呀！』

「『絕對不會；實際上，他們幫了我們大忙。因為那些拋棄自己摯友的人都留在那裡了……』」

∞

貝爾塔撫摸了一下女孩的頭，她感應到在這裡面善與惡正在不停地戰鬥，於是她要她到樹林中去，去問問大自然自己該去哪座城市。

「因為憑我的預感，我們這坐落在山上的小小天堂正準備放棄自己的朋友呢。」

「妳錯了，貝爾塔。妳屬於老一代人；妳和我血管裡都流淌著曾居住在維斯科斯的那些罪犯的血，但妳的比我的濃。這裡的男人女人有尊嚴。如果沒有尊嚴，至少有健康的不信任。如果他們連這個也沒有，至少有恐懼。」

「好的，我錯了。即使如此，妳還是照我說的去做，去聽聽大自然吧。」

∞

香塔兒走了。貝爾塔則轉向丈夫的幽靈，請他安靜些，說自己是個成年女人——何止如此，已經是個老女人了，當自己在給年輕人忠告時，不要來打斷。自己早已學會照顧自己，現在正在照顧這個村莊呢。

丈夫請她多加小心。希望她不要給那個女孩太多忠告，因為誰也不知道這故事結局如何。

貝爾塔嚇了一跳，因為她覺得死人知道一切——總之，難道不是他警告過自己危險即將來臨嗎？也許他更老了，除了愛用固定的湯匙喝湯外，是不是開始有了一些新病。

丈夫說老的是她，因為死人的歲數是不變的。而且，雖然他們知道一些活人不知道的事情，但還是需要時日來被接納進入那住著大天使的地方。他還是個剛死的人（離開人間還不到十五年），儘管已經能幫不少忙了，但還有許多東西要學。

貝爾塔問那個住著大天使的地方是不是更誘人、更舒適。丈夫說好了，不要開玩笑了，集中力量救救維斯科斯吧。不過，他對這個並不特別感興趣——總之他已經是個死人，還沒有人和他提及再生的話題（雖然他聽說過幾次有關再生的可能性），即使有可能再生，他也希望再生在一個陌生的地方。不過，他希望他的妻子在餘下的人間日子裡能過得安寧和舒適。

「那就別擔心了。」貝爾塔心想。丈夫沒接受勸告，不管怎樣，他希望她做一點事情。如果惡勝利了，即使是在一個只有三條街、一個廣場和一座教堂被人遺忘的小城裡獲勝，它也能傳染整個山谷、地區、國家、大陸、海洋，乃至整個世界。

維斯科斯有二百八十一位居民，其中香塔兒是最年輕的，貝爾塔是最老的，但該城只被六個人控制著：旅館老闆娘，她負責遊客的安逸舒適；神父，負責心靈；市長，負責打獵法律；市長夫人，負責市長和他的決定；鐵匠，他被那可惡的狼咬過而且還死裡逃生；剩下的就是那座城四周大部分土地的主人，就是這個人不讓建兒童遊樂場，他遙想維斯科斯將來一定會發達起來，認為那地方是建一座豪宅的絕佳地點。

維斯科斯其他居民都不太關心城裡發不發生什麼事情，因為他們有羊要放，有地要種，有家要養。他們常去旅館酒吧，他們去望彌撒，他們遵紀守法，他們去鐵匠鋪修理工具，而且，時不時也買點地。

地主從不去酒吧，他是從他的女職員嘴裡得知此事。那天晚上女職員也在場，她出來後異常興奮，就和她的女性朋友們還有他討論說那個外國人是個有錢人，說不定能和他生個兒子，然後強迫他分給她一部分財產。由於擔心未來，或者說，擔心普里姆小姐的故事傳出去後獵人和遊客都不來了，於是他召開了一個緊急會議。就在香塔兒朝樹林走去、外國人迷失在他那神秘的遊走中、貝爾塔在和丈夫談論要不要拯救此城之際，一夥人正聚集在小教堂的聖器室裡開會。

「我們唯一該做的就是叫警察來。」地主說。「根本就沒有金條這回事。我認為這個男人是想勾引我的女職員。」

「你不知道就別胡說，因為你當時不在場，」市長說。「金條是有的，要是沒有確鑿證據，普里姆小姐不會拿自己的名譽冒險。但這點改變不了什麼。我們應該報警。外國人可能是個強盜，是個被懸賞的人，他想把贓物藏在這裡。」

「真是胡說八道！」市長夫人說。「如果是這樣，他就會小心行事了。」

「這件事絕非偶然。我們應該馬上報警。」

大家一致同意。神父喝了點酒，好讓自己的情緒平靜些。他們開始商量該如何告知警方，因為實際上他們手中沒有任何針對外國人的證據，很有可能到最後是普里姆小姐因煽動犯罪而被捕。

「唯一的證據就是金條。沒有金條，說什麼都是白搭。」

沒錯。可是金條在哪裡呢？只有一個人見過，但是她也不知道金條藏在何處。

神父建議成立幾個尋金小組。旅館老闆娘打開聖器室的窗簾，窗子正對著墓地，她指了指一邊的群山和那下面的山谷，然後又指了另一邊的群山。

「我們需要一百個人，得找上一百年。」

地主暗自嘆息墓地建在了那個地方；那裡風景宜人，而死去的人是不需要這個的。

「找個時間我得和您談談墓地的事，」他對神父說。「我可以在那兒不遠處為死人獻出一塊更大的地來換教堂旁這塊地。」

「但是沒人會想買下這塊地，好住在曾經是死人住的地方上。」

「也許這座城裡沒人，但是遊客願意呀，他們想有個避暑住處都想瘋了，只要讓維斯科斯的居民不去議論什麼就行了。這將為這座城帶來錢財，為市政帶來稅收。」

「這話有道理。就是讓大家不要到處去說。這不難。」

突然間靜了下來。大家沉默了好長一段時間，誰也不敢打破它。兩個女人看著外面的風景，神父在擦一個小銅像，地主又喝了一口酒，鐵匠整了整靴子扣襻兒。市長不時看看錶，好像在暗示有其他約會。

但誰也沒有動。大家都知道如果有人有意去買那塊墓地，維斯科斯絕對不會有人議論。他們這樣做無非是高興看到這座將要消失的小城裡又多住進來一個人。沉默賺不來一分錢。

想一想如果賺了錢。

想一想如果賺足了自己下半輩子用的錢。

想一想如果賺足了自己下半輩子用的錢和自己子女用的錢。

就在此時，一股暖風出人意料地吹進聖器室。

「那答案是什麼？」長長的五分鐘過後，神父問道。

大家都轉向他。

「如果居民真的不說什麼，我覺得我們就能進一步交易。」地主字斟句酌地答道，往壞的理解還是往好的理解，就看個人的觀點了。

「他們是些善良的人、勤勞的人、謹慎的人，」旅館老闆娘如法炮製。「就說今天吧，當送麵包的人想知道發生什麼事時，誰也沒有說什麼。我認為他們值得相信。」

再一次的沉默。而這次是一種不可掩飾的帶有壓迫感的沉默。即使如此，遊戲還在繼續，這時鐵匠說話了。

「問題不在於居民是否謹慎，而是知道做這件事不道德、不可接受。」

「做什麼？」

「賣聖地呀。」

廳裡滑過一聲放鬆的嘆氣聲。現在可以開始談道德問題了，因為實際的問題已進展不少了。

「看著維斯科斯衰敗才是不道德的，」市長夫人說。「要意識到我們是最後居住在此地的人，我們爺爺輩的、我們祖先的、阿哈巴的、賽爾特人的夢想在幾年之內就要破滅。而且很快我們也將離開這個城市，要麼去救濟院，要麼去請求子女來照顧自己生病的老人，這些老人對大城市有陌生感，無力適應那裡的生活，他們憂愁傷感，懷念失去的東西，因為他們沒辦法有尊嚴地把從父輩手中得來的禮物傳給下一代。」

「言之有理，」鐵匠接著說道。「我們過的生活是不道德的。等到維斯科斯幾乎成了廢墟，這些田地將會因為蠅頭小利而被放棄或是被人買去；各種機器將進來，康莊大道將鋪開。房屋將被推倒，金屬倉庫將取代我們祖先用汗水建造的東西。農業將機械化，人們將白天來此，晚上返回遠離此地的家。這是我們這一代的恥辱；我們讓自己的子女離開這裡，因為我們無力把他們留在身邊。」

「無論如何我們得拯救這個城市。」地主說。他也許是唯一能從維斯科斯衰敗中獲利的人，因為在轉賣給任何大企業之前，他可以買下一切。但是，他沒興趣以低於市場價格賣出可能埋有財富的土地。

「有什麼高見嗎？神父先生。」旅館老闆娘問道。

「我唯一熟知的就是我的宗教，在這裡面一個人的犧牲解救了所有人類。」

第三次的沉默，但這回轉瞬間就過去了。

「我得準備禮拜六的彌撒，」他繼續說，「我們為什麼不傍晚再見呢？」

大家立刻一致同意，並約定了時間，而且都顯得很忙，好像有什麼要事纏身似的。

只有市長保持冷漠地說：

「你剛才說的很有意思，這是一場出色講道的絕佳題目。我認為我們大家都應該去望望今天的彌撒。」

香塔兒不再猶豫，直奔丫狀岩石而去，心中計畫著拿到金條後要做些什麼。先回家，帶著自己賺的錢，換上一件更耐穿的衣服，然後下到山谷，搭個便車。不考慮什麼打賭不打賭的了：那些居民不值得那幾乎唾手可得的財富。也不拿什麼箱子了：她不希望他們知道她永遠離開了維斯科斯——遠離它那動聽卻無用的故事；遠離膽小卻純樸的居民；遠離總是坐滿談論同一話題之人的酒吧，還有那從來不去的教堂。當然，遇見警察正在公車站等著她的可能性總是存在的，外國人告她偷竊等等。但現在她準備去冒一切風險。

半個小時前她懷有的仇怨，已經轉變成一種非常愉悅的感覺：復仇。

她高興，因為是她第一次向大家指出藏在看似單純善良的心靈深處的惡。大家都在夢想著可能的犯罪——但僅僅是夢想而已，因為他們從來不會去行動。他們會向自己反覆表明自己是高尚的、不可能去做不公正的事情，如何在不遺餘力維護村子尊嚴中度過可憐的餘生，但又清楚知道是恐懼阻止了他們去殺死一個無辜者。他們每天早上都為維護了正直而讚美自己，然而到了夜晚又都為了失去機會而責備自己。

在接下來的三個月裡，這個小地方憨厚男女的純樸、正直將是酒吧裡唯一的話題。接著，就到了打獵季節，他們會有一段時間不談論這個問題——因為遊客無須知道什麼，他們喜歡感到自己宛如置身於世外桃源，在這裡大家都是朋友，一團和氣，大自然慷慨無私，小貨架上——旅館老闆娘稱之為「小商店」——出售著浸滿這種與世無爭的情感的伴手禮。

但是打獵季節終會過去，大家又有空舊話重談。這時，多少個下午幻想著已經失去的錢財，他們開始對當時進行各種假想：為什麼在那寂靜的夜晚沒人有膽量去殺掉又老又無用的貝爾塔而換回十根金條呢？為什麼沒有在牧人聖地牙哥身上出個打獵事故呢？他每天早上都會去山上放羊。先是帶著些許羞恥，之後就是帶著狂怒，他們做出了種種假設。

一年以後，他們就會互相仇恨——這座城原本有機會，但讓它擦肩而過了。他們會問起普里姆小姐，而她已經跑得無影無蹤，也許她見到外國人把金條藏在何處並把金條拿走了。他們會議論她的壞，說這個孤兒忘恩負義，她外婆去世後大家盡心盡力幫助她，後來，因為嫁不出去並遠走高飛，這個可憐的女孩就在酒吧裡找了工作，還說她和旅館客人，一般是比她大的男人睡覺，向所有的遊客拋媚眼，以求得額外的小費。

他們將在自我憐憫和仇恨中度過餘生；而香塔兒卻過得幸福自在，這就是她的復仇。她永遠不會忘記麵包車周圍那些人的眼神，他們請求她為一個他們從不敢去犯的罪保持沉默，爾後回過頭來攻擊她，好像他們的怯懦是她造成的。

「外套。皮褲。我得穿上兩件T恤，把金條繫在腰上。外套。皮褲。外套。」

她在那裡，就在丫狀岩石前。旁邊就是兩天前她用來挖金條的樹枝。她體驗了一番會讓她從一個正直之人變成小偷的動作。

∞

根本不是偷。是外國人挑動她這麼做的。而且他也得到回報了。她不是在偷，而是在收取自己擔任那場傷感悲劇發言人的角色應得的報酬。她值得那些金條，因為她遭受了麵包車周圍那些沒有犯罪的殺人犯的目光，因為她一生中那三個不眠之夜，因為她現在已無可救藥的心靈——如果有心靈、有墮落之說的話，她應得到更多。

她挖開鬆軟的土，看見了金條。在看見金條的同時，她也聽到了一點聲響。有人跟蹤她。她機械性地往洞裡填回一點土，但她知道這已經無濟於事。她轉過身來準備解釋在找財寶，說是知道外國人在那條小路上走動，而且今天她注意到土被翻動過。

但是，她看見的東西讓她大吃一驚——因為這東西對財富不感興趣；對村裡的危機不感興趣；對是否公正不感興趣，牠只對鮮血感興趣。

左耳上的白色記號。可惡的狼。

牠在她和一棵樹之間，不可能越過去。香塔兒一動不動，直愣愣地看著狼的藍眼睛，大腦飛速運轉，想著下一步該怎麼辦——用樹枝打，不行，太細太軟了，擋不住動物的進攻。爬到丫狀岩石上去，但自己太矮，爬不上去。不相信傳說，而像對付其他任何孤獨的狼一樣，把牠嚇走，這樣太冒險，最好還是相信傳說中一切總有寓意。

「懲罰呀。」

就像以往發生在她身上的一切事情一樣，又是不公正的懲罰，上帝好像就是選中她來展示祂對世人的仇恨。

她下意識地把樹枝放地上，然後，她緩慢地做出用雙手護住脖子這樣一個萬全的動作，不能讓牠咬到這裡。她後悔沒有穿上皮褲，因為第二個致命的地方就是大腿，那裡有大血管，一旦被咬破，十分鐘之內就能讓她把血流光——至少獵人在解釋為什麼要穿長筒靴時是這麼說的。

狼張開嘴，發出低低的叫聲。這是一種低沉而充滿危險的叫聲，不是要嚇唬人，而是要進攻。她的心都快蹦出喉嚨了，因為那匹狼早已齜牙咧嘴。

一切不過是時間問題。牠或是進攻，或是走開，但香塔兒知道牠是要進攻的。她瞥了一眼地面，看看有沒有會讓她滑倒的鬆動了的石頭，沒看見什麼。她決定朝狼撲去，就算可能會被咬住，也要衝向牠，抓住牠，把牠直撲到樹上。不管疼不疼，豁出去了。

她想到金條。她想到一會兒就回過頭去找金條。她想到各種可能的希望，想到一切能給予她力量衝上去的東西，哪怕是被咬得皮開肉綻，想到可能倒下並被咬住脖子。

她準備衝了。

就在這一刻，像電影中一樣，她看見有個人遠遠地出現在狼的身後。

那狼也嗅到有另一個人出現，但牠並沒有轉頭，而她仍然盯著牠的眼睛。好像正是眼睛的力量阻止了牠進攻，而她也不願冒任何風險。如果出現了什麼人，就有化險為夷的機會——即使最後要花費她的金條也在所不惜。

狼後面的人低下身子悄悄朝左邊走去。香塔兒知道那邊有棵樹，很容易爬上去。這時，一塊石頭劃過空中落在狼的附近。狼朝著發出威脅的方向嗖地轉過身去。

「快跑！」外國人喊道。

她朝自己唯一的逃生方向跑了，這時那男人也以異乎尋常的敏捷往一棵樹上爬。等到可惡的狼竄到他那邊時，他已經安全了。

狼開始低聲地叫並往上跳，有時都差不多爬上一節了，但接著又滑了下來。

「折一些樹枝！」香塔兒叫道。

但外國人好像有些迷糊。她喊了兩、三次他才明白過來。他開始折樹枝並朝狼投去。

「別這樣做！折樹枝，把它們合起來，然後點著！我沒有打火機，照我說的做！」

她像危難中的絕望之人一樣喊叫著：外國人把樹枝合起來，然後費了好大勁才點著。前一天的暴風雨把一切都打濕了，而這個時節太陽還沒有照到那裡。

香塔兒期待著這臨時紮的火把燃起大火。由於她，使得他在這天剩下的時光裡面對了他原本要讓世界來面對的恐懼，但是無論如何得離開這裡，不能不幫他。

「拿出男子漢的樣子來，」她喊道，「從樹上下來，拿緊火把，把火對著狼！」

外國人僵在那裡。

「下來呀！」她又喊道，當聽到她的喊聲時，那男人明白了藏在那喊聲後面的絕對權威——那種來自恐懼、來自快速反應能力、把害怕和痛苦置於腦後的權威。

他手中拿著火把從樹上下來，即使火星時不時燒著他的臉，他也似乎都沒感覺到。他看到狼牙和嘴裡的泡沫近在咫尺，恐懼再次襲來，但必須做點兒什麼——當他妻子被劫、女兒被殺時本來應該做的舉動。

「盯住狼的眼睛！」他聽見女孩說。

他照辦了。現在事情倒是越來越簡單了，用不著再看敵人的武器，如今敵人就是自己了。他們相同處境，雙方都能給對方造成恐懼。

他的腳觸到了地面。狼向後退去，牠被火嚇住了；不過，牠仍在低聲叫著跳著，只是不敢靠近來。

「向牠進攻！」

他向狼逼近，狼咧著獠牙叫得更凶了，不過，牠越加向後退去。

「繼續逼近牠，趕走牠！」

火焰燃得更高了，但外國人注意到很快就要燒到手了；時間緊迫。他仍盯著狼那雙陰森的藍眼睛，也沒多想，就朝狼衝了過去；狼不再叫也不再跳，轉身遁入了樹林中。

一眨眼的工夫香塔兒就從樹上下來了。轉眼間她就從地上收集起一把柴，做成她的火把。

「我們離開這裡。快。」

「去哪兒？」

去哪兒？難道去維斯科斯，讓大家看見他們倆一起回來嗎？去別的什麼地方，去火不管用的地方嗎？她下到地面，背上一陣劇痛，心怦怦直跳。

「先點上一堆篝火，」她對外國人說，「讓我想想。」

她試圖活動一下，不由地叫出一聲——她肩上好似刀攪。外國人收集樹葉樹枝，點起一堆篝火。每動一下，香塔兒都疼得鑽心，而且還發出一聲低沉的呻吟，可能是她在爬樹時嚴重扭傷了。

「別擔心，妳沒傷到骨頭。」外國人看她疼得直呻吟。「我以前也有過類似情況。當人高度緊張時，肌肉就會收縮，然後就會這樣。讓我給妳按摩一下。」

「別碰我。別過來。別和我說話。」

疼痛、恐懼、害羞。她十分肯定挖金條時他也在那裡，他知道——因為魔鬼和他同行，而魔鬼了解人的靈魂——這次香塔兒是要偷金條。

他也知道，此時此刻，整座城都在研究著怎麼犯罪。他知道他們不會去做什麼的，因為他們害怕，但是這個企圖足以回答他的問題：人類本質上是惡的。他知道她要逃跑，前一天晚上他們倆的打賭已毫無意義，他可以帶著他完好的金條和被證實的懷疑從哪裡來回哪裡去（他到底從哪裡來的呢？）。

她試圖坐得舒服一點，但不行；只好不動了。火光會讓狼遠遠地不敢過來，但很快就會引起在附近走動的牧人的注意。人們就會看見他們倆在一起了。

她想起今天是星期六。大家正在那擺滿奇特小飾物、牆上排著名畫仿製品、供有石膏聖像的家中計畫如何消遣呢——而在這個週末，他們有著自第二次世界大戰以來最好的消遣。

「不要和我說話。」

「我什麼也沒說呀。」

香塔兒想哭，但不能當著他的面哭。她忍著沒讓眼淚出來。

「我救了你的命。狼是向你進攻的。」

此話不假。

「另外，我認為你拯救了我心中的某種東西。」外國人接著說道。

一種把戲。她裝作不懂；那是一種同意她拿走自己的財富然後遠走高飛的許可。

「昨天的打賭。因為我太痛了，所以我必須讓所有人都遭受跟我同樣的痛苦，這也許是我唯一的安慰。你是有道理的。」

外國人的魔鬼不喜歡聽到這些。它讓香塔兒的魔鬼幫助它，而這個魔鬼剛來，還不能完全控制女孩。

「這能改變什麼嗎？」

「什麼也改變不了。打賭仍然有效，而且我知道我會贏。但我明白自己的不幸，當然我也知道我為什麼變成了不幸的人：因為我認為那些事情就不應該發生在我身上。」

香塔兒暗自思量他們倆該如何從這裡出去。雖然還是早上，但他們也不能一直待在這裡。

「所以這次我認為我應該得到我的金條，而且我要拿到它，除非你阻止我，」她說。「我勸你也這樣做：我們兩人誰也不必回去維斯科斯，我們可以直接下到山谷，搭個便車，然後各走各的路。」

「你可以去。但是，這時城裡的居民正在決定誰該去死呢。」

「也許吧。他們會在接下來的兩天裡就這麼決定來決定去，直到期限結束。接著，他們會在兩年裡討論誰本該是那個犧牲者。在行動時他們猶豫不決，然而在歸罪於人時，他們是毫不留情的——我了解我的村莊。如果你不回去，他們根本就不會去議論，他們會認為一切都是我憑空捏造的。」

「維斯科斯和世界上其他村莊毫無差別，而且在這裡所發生的一切，在其他大陸、城市、野營地、修道院等等地方都在發生。但是你不理解這些，就像你不理解這次命運向著我一樣：我選對了人來幫助我。

「有個人，在一副勤勞正直的面孔背後，隱藏著復仇的心。由於我們不能看見敵人——因為，如果我們把這件事進行到底，真正的敵人就是上帝，我們所經歷的都是祂所為——於是我們就把自己的失望發洩在四周。一次復仇豈能滿足，因為是在向自己的生命復仇。」

「我們在這裡談什麼呢？」香塔兒說。她生氣了，因為那個男人，那個更仇恨世界的人，對她的心靈瞭如指掌。「我們為什麼不拿著錢一走了之呢？」

「因為昨天我注意到，當我提出那件最讓我反感的事情時——就是那種類似發生在我妻子和女兒身上莫名的謀殺——實際上我是想拯救自己。你還記得我們第二次談話時我引用了一個哲學家的話嗎？就是那個人，他說上帝的地獄恰恰是對人類的愛，因為人類的態度讓上帝永生都在受折磨。

「要知道，這個哲學家還說過另一句話：『人類需要內心的惡，以求得內心的善。』

「我不明白。」

「以前我腦子裡唯有復仇。像你村裡的居民一樣，我日夜夢想著，計畫著，卻沒有任何行動。有一段時間，我讀新聞報紙關注那些情況與我類似卻反其道而行的人：他們組成聲援受害者的群體，組成揭露世事不公的組織，還發起名為復仇代替不了失親之痛的主題的運動。

「我也試著從一個更為寬厚的角度看問題，但無濟於事。如今我鼓起勇氣，走到這個極端，發現自己內心深處閃出一道光芒。」

「繼續說。」香塔兒說，因為她也看到了某種光。

「我不想證實人類是邪惡的。我想證實我是下意識地要求了曾經發生在我身上的事情——因為我是惡的，一個徹頭徹尾的墮落之人，而生活給予我的懲罰是罪有應得。」

「你企圖證實上帝是公正的。」

外國人思考了片刻之後說：

「可能是吧。」

「我不知道上帝是否公正。至少，他一直對我不是很公正，一直讓我心靈遭受毀滅的東西，就是這種無能為力的感覺。我沒能如願成為善人，也沒能如需成為惡人。幾分鐘前我還在想他是挑選我來向造成他的一切痛苦的人類復仇。」

「我想你也有同樣甚至更大的疑惑：你的善良沒有得到回報。」

香塔兒對自己所說出的話感到吃驚。外國人的魔鬼注意到女孩的天使開始更強烈地發光了，事情整個顛倒了。

「快行動呀。」它逼迫另一個魔鬼。

「我在行動呀，」另一個說道，「不過這是一場艱辛的奮戰。」

「確切來說，你的問題不是上帝公正不公正的問題，」男人說，「實際上是你自己選擇成為各種情況的犧牲者。我認識不少這種處境的人。」

「比如說你吧。」

「不是。我氣憤的是發生在我身上的某些事情，我不太在乎別人喜不喜歡我。而你卻相反，你認可自己無依無靠，不惜代價渴望被人接受的孤兒的角色。由於這不常發生，所以你被愛的需要就變成默默復仇的欲望。你內心深處是希望像其他維斯科斯居民一樣——在內心深處，我們大家都希望和其他人一樣。然而命運卻沒讓你如願。」

香塔兒搖了搖頭。

∞

「做點兒什麼，」香塔兒的魔鬼對它的同夥說，「雖然她嘴上說不是，但是她心靈早就明白，已經認可。」

外國人的魔鬼感到丟臉，因為新來者注意到它不夠強大來讓那個男人緘默。

「說說而已，問題不大。」它回答道。「讓他們去說吧，因為生活將讓他們不得不妥協。」

∞

「我不想打斷你，」外國人又說道，「請繼續談關於上帝公正不公正的問題。」

香塔兒竊喜不必再去聽那些不愛聽的話了。

「我不知道是否有意思。不過，你應該注意到維斯科斯儘管像其他城市一樣有個教堂，但它不是一個信仰虔誠的城市。這點正是因為阿哈巴。雖然他被聖薩萬改變信仰，但他對神父們有一大堆疑惑。由於首批居民大部分都是土匪，他認為教士們的所作所為都是在利用永罰的威脅把他們重新推向犯罪。一無所有的人從未想過永生。

「自然，當第一個神父出現時，阿哈巴立刻感到威脅。為了對抗威脅，他堅持從猶太人那裡學來的一點：原諒日。但他只是決定建立一套按他的方式進行的儀式。

「每年一次，居民把自己關在屋裡，寫好兩張紙條，然後朝向最高山峰，先向天空舉起第一張。

「『就在這裡，我主，這就是我對你犯的罪，』他們陳述著自己所犯的過錯。諸如買賣中的騙局，通姦，不公正，等等。『我罪孽深重，原諒我冒犯了你吧。』

「接著——下面可是阿哈巴的創造發明了——還是朝著同一山峰，居民又從口袋裡掏出第二張紙條，舉向天空。然後說以下之類的話：『也在這裡，我主，這是你對我犯的罪：你讓我辛苦異常，雖然我祈禱了，但我女兒還是病倒了，我本想正直老實，但還是被偷了，我倍受痛苦。』

「念完第二張紙條後，就該結束儀式了：『我對你不公正，你對我也不公正。由於今天是原諒日，你忘掉我的錯，我也忘掉你的錯，由此我們又可以繼續相處一年。』」

「原諒上帝，」外國人說，「原諒一個不留情面隨時進行建立和毀滅的上帝。」

「我覺得按照我的標準，我們的談話已經相當深入。」香塔兒看著別處說道。

「我生活感悟不多，不能教你什麼。」

外國人沉默不語。

∞

「我真不喜歡，」外國人的魔鬼想，因為它開始看見自己身邊有光在閃亮，一種絕對不可以出現的光。在世界的某個海灘上，它驅走這道光已經兩年了。

由於太多的傳說、賽爾特人和新教徒的影響，那個平定此城的阿拉伯人的某些壞榜樣以及周圍聖人和土匪的不斷出現，雖然維斯科斯的居民常去參加洗禮儀式和婚禮（如今不過是個遙遠的記憶了）、葬禮（據傳這件事越來越多了），還有聖誕彌撒，但神父知道維斯科斯實際上並不是一個宗教城市。此外，很少人每週做兩次彌撒——一次在週六，一次在週日，每次都是上午十一點開始。即便如此，他也堅持念誦經文，這並不是為了證明祂的存在。他是想給居民一種祂是個聖人和忙人的印象。

讓他吃驚的是，那天教堂裡擠滿了人，以至於他決定讓一些人待在聖壇周圍，不然容不下所有人。用不著打開吊在房頂的電暖氣，反倒要打開兩邊的兩扇小窗，因為大家都出汗了，神父捫心自問那汗是因為熱呢，還是因為這裡的緊張氣氛。

除了普里姆小姐沒來，也許由於前一天說了那些話而感到羞恥了，還有就是老貝爾塔，大家都懷疑她是個對宗教過敏的女巫，除了她們倆，全村人都在這裡。

「以聖父、聖子、聖靈的名義。」

一聲「阿門」響徹大廳。神父開始了禮拜儀式，他做了個開場白，然後讓一個固定的信女念誦經文，他莊重地唱了應答、輪頌讚美詩，然後又抑揚頓挫地引誦了福音書。接著他請有座位的坐下，沒座位的就站著。

該是講道的時刻了。

「在〈路加福音〉中說，有一次一個官走近耶穌並問祂：『良善的夫子，我該做什麼事才可以承受永生？』然而，耶穌的回答令我們吃驚：『你為什麼稱我是良善的？除了神一位之外，再沒有良善的。』

「多少年來，我都在思考這段話，我試圖理解我主的意思：難道祂不是善的嗎？難道充滿仁慈思想的基督教竟是基於那個自認為惡的人的教導之上嗎？後來我終於明白了：基督這時是在揭示祂的人類本質：當祂作為人時，祂是惡的。當祂作為上帝時，祂是善的。」

神父停頓了片刻，等待著信徒理解這信息。他在向自己撒謊：他仍然不理解基督所說，因為如果說人類本質上是惡的，那他的言談舉止也應是惡的。不過，這是個理論問題，與這裡的討論無關。重要的是他的解釋要有說服力。

「今天我不多講。我希望你們所有人明白，接受我們有邪惡、低等的本質，這是人類的組成部分，我們之所以沒有被判永罰，是因為耶穌犧牲自己拯救了人類。我再說一遍：上帝之子的犧牲拯救了我們。就是一個人的犧牲啊。

「在結束這次講道前，我想提到《聖經》中的一部書〈約伯記〉。當魔鬼⑧去和上帝交談時，上帝正坐在自己的天庭寶座上。上帝問他從哪兒來，魔鬼回答說：『我從地上走來走去，往返而來。』⑨

「『那麼，你看見我的僕人約伯了嗎？你沒看到他如此崇敬我而做出一切犧牲了嗎？』

「魔鬼笑了並爭辯：『總之，既然約伯什麼都有，那他為什麼不去崇敬上帝和做出犧牲呢？你把你給他的賜福全收回，再看看他還崇敬你嗎？』他挑釁地說。

「上帝接受了打賭。年復一年，祂懲罰那個非常愛他的人。約伯面對著一個不可理解的權力，他認為是最高判決，但它要拿走自己的牲畜、殺死自己的兒女，讓自己滿身長瘡。直到經過許多苦難後，約伯反抗了，咒罵主了。直到此刻，上帝才歸還祂所拿走的東西。

「多年以來我們一直看著這座城的衰敗；我現在想這如果不是上帝的懲罰，那只能說是因為我們總是毫無怨言地接受給予我們的一切，好像我們就應該失去我們的家園，失去種田放牧的土地，失去飽含祖先夢想建起的房屋。難道還沒到反叛的時候嗎？如果上帝強迫約伯這樣做，難道就沒讓我們也如此這般嗎？

「為什麼上帝強迫約伯這樣做呢？是為了證明他本質是惡的，給予他的一切都是恩賜，而不是由於他的善行。我們有罪是因為我們自豪地認為我們太善良——這就是為什麼我們會遭受懲罰。

「上帝接受了魔鬼的打賭，而且——從表面上看——沒有公平行事。請記住：上帝接受了魔鬼打的賭。約伯也就受到了教訓，因為，像我們一樣，他有罪是因為他自豪地相信自己是個善人。

「『沒有誰是善。』我主說。沒有人。哪怕是裝做善良就足以冒犯上帝，承認我們的過錯吧。如果有一天需要接受魔鬼的打賭，就請記住，我主，在天上，為了拯救僕人約伯的心靈已經這麼做了。」

∞

講道結束。神父請大家站起來，儀式繼續進行。他相信講道的內容已經被充分理解了。

「我們走吧。你我各走各的路，我拿我的金條，你……」

「我的金條。」外國人打斷她的話。

「對你來說，拿著你的東西走人就完事大吉。假如我沒有這個金條，就得回維斯科斯。我將被辭退，或者被全體居民譴責。他們會認為我說謊。而你不能回去，也沒什麼好解釋的，你就是不能和我一樣。你說句話，說我值得為我的作為而得到這份報酬。」

外國人站起身，從篝火堆中拿起幾枝燃燒的樹枝說道：

「狼怕火，是吧？我嘛，還是要去維斯科斯。妳覺得怎麼合適就怎麼去做吧，偷走金條然後逃走，這已與我無關。我還有其他要事要做。」

「請等一等！不要把我一個人扔在這裡！」

「那好，那就跟我走吧。」

香塔兒看了看眼前的篝火、丫狀岩石，還有那拿著火把遠去的外國人。她也可以做同樣的事：從篝火裡拿出幾根樹枝，挖出金條，然後直奔山谷；拿不拿小心保存在家裡的那點錢也無關緊要了。等到了山谷邊上那座城市，就去請銀行估一估這金條，然後賣掉，去買衣服和箱子，接著就自由了。

「請等一等！」她衝著外國人喊道，但他繼續朝維斯科斯走去，一會兒就不見了蹤影。

「快想辦法吧。」她求自己。

也沒什麼可想的了。她也從篝火堆裡拾起一把柴火，然後來到岩石旁，又把金條挖出來。她拿起金條，用衣服擦了擦，第三次觀賞了一下金條。

她非常驚恐。她抓起火把，懷著滿腔仇恨朝外國人的必經之路跑去。同一天裡她碰到兩隻狼，一隻是怕火的，一隻是不怕火的，因為他已失去一切重要的東西，現在他是盲目向前，要去摧毀眼前的一切。

她拚命地跑，但沒有遇見他。他也許在樹林裡，這時他的火把可能已經熄滅，正在和可惡的狼對峙呢。他似乎非常想去毀滅自己，也非常想去毀滅其他事物。

她來到城裡，裝做沒有聽見貝爾塔的招呼聲，她和望了彌撒出來的人打了照面，奇怪怎麼全村人都去教堂了。外國人本想要一項犯罪，而最後卻讓神父有了滿滿當當的工作，也許得有一週的好似能騙得了上帝的懺悔和悔罪。

大家都看了看她，但沒有人和她說話。她迎向每一個人的眼光，因為她知道自己沒有任何過錯，不需要懺悔，她只是一次邪惡遊戲中的一個工具罷了，這也是她慢慢才明白的——然而她打心底不喜歡眼前的情景。

她把自己關在屋裡並從窗戶往外看。人群已經散去，而她再次感到奇怪，今天是個陽光明媚的星期天，但村子卻很冷清。居民一般都是在那以前曾經立有絞架、但現在是個十字架的廣場上三五成群地交談。

她看了一會兒空無一人的街道，太陽照在臉上並不感到熱，因為冬天已經來臨。這時大家要是在廣場上，談論的話題肯定是：天氣、氣溫、雨水和乾旱的威脅。然而今天他們卻都待在家裡不出來，香塔兒不明白為什麼。

她越看街道越覺得自己和那些人沒有什麼區別——正是她，覺得與眾不同、大膽、滿腦子都是那些農民從未想過的計畫。

真是丟人。同時她也感到輕鬆，因為她身在維斯科斯並非由於命運不公，而是因為本該如此，她一向覺得自己與眾不同，如今發現自己和別人也沒什麼區別。她已經把金條挖出過三次，卻無力把它據為己有。她已經在心靈犯了罪，但在現實世界卻辦不到。

雖然她也明白實際上自己無論如何不應該犯那個罪，因為那不是一種誘惑，而是一種陷阱。

「為什麼是陷阱呢？」她心想。好像有個聲音在告訴她金條上有一種解決外國人的難題的辦法。但不論再怎麼努力，她也沒能發現解決之道。

∞

剛來的魔鬼看了看身旁，它看見普里姆小姐散發的光亮，剛才似乎是越來越亮，現在又幾乎要熄滅了；遺憾的是它的同伴沒在這裡看到它的勝利。

然而它有所不知的是天使們也有自己的戰略：此時，普里姆小姐的光亮已隱藏起來，目的是不引起敵人的反應。她的天使要她做的就是去睡一會兒，以便她能在不受人類每天所樂於背負的害怕和過錯的干擾下，與自己的心靈交談。

香塔兒睡著了。她已經聽到了需要聽到的，已經明白了需要明白的。

「我們不必再談什麼土地和墓地了。」重新聚在聖器室時，市長夫人開門見山地說。「咱們實際一點。」

其他五個人表示同意。

「神父先生說服了我，」地主說，「上帝解釋某些行為。」

「你別不知廉恥，」神父說，「我們往窗外看一看，就什麼都明白了。所以熱風吹了進來：魔鬼已經上門了。」

「沒錯，」市長同意道，他原本是不信魔鬼的，「我們大家都被說服了。最好開誠布公，時間稍縱即逝。」

「我說兩句，」旅館老闆娘說，「我們是在考慮接受外國人的建議。犯一次罪。」

「獻出一個犧牲者。」神父說，他更為習慣的是宗教儀式。

接下來的沉默說明大家都同意了。

「只有膽小鬼才患得患失、沉默不語。讓我們高聲祈禱，好讓上帝聽見我們，並讓他知道我們這樣做是為了維斯科斯。都跪下吧。」

大家都不情願地跪了下來，也都明白在明知故犯的情況下去犯罪，然後請求上帝原諒，真是無用之舉。但他們想起了阿哈巴的原諒日；這天很快就要來臨，到時候他們會譴責上帝讓他們面對了一個難以抗拒的誘惑。

神父請大家一起祈禱：

「我主，你說沒有人是善的；請你接納不完美的我們吧，以你那寬闊的胸懷和無限的愛原諒我們吧。就像你原諒為了奪取聖地耶路撒冷而屠殺伊斯蘭教徒的十字軍士兵一樣，就像你原諒為了保衛聖殿純潔的宗教法庭的法官一樣，就像你原諒了那些辱罵你並把你釘在十字架上的人一樣，原諒我們吧，因為我們需要獻出一個犧牲者來拯救一座城市。」

「現在來談談具體行動吧，」市長夫人站起來說道，「我們談談誰將是這個犧牲者。誰去殺死這個犧牲者。」

「一個受到我們如此幫助和關照的女孩把魔鬼帶到這裡。」地主說，不久前他還和這個女孩睡過覺呢，自此他就一直擔心有一天她可能把這件事告訴他老婆。「以毒攻毒，她必須受到懲罰。」

有兩個人同意了，此外，他們還說普里姆小姐是村裡唯一不可信任的人——因為她自認為與眾不同，總說有一天要離開這裡。

「她母親死了。她外婆死了。沒人會注意到她的消失。」市長成為第三個同意的人。

但是夫人反對。

「我們得假設她知道金條藏在什麼地方；一言以蔽之，她是唯一見過金條的人。此外，我們可以信任她恰恰是因為剛才講的：是她把惡帶來，導致了整個城市都去犯一次罪。她愛說什麼就說什麼，但是如果村裡其他人保持沉默，那將是一個問題多多的女孩與我們這些在生活中有所成就的人作對了。」

市長猶豫起來，和以往一樣，只要夫人一發表意見，他就如此。

「如果你不喜歡她，為什麼要救她呢？」

「我明白，」神父說。「為了讓罪過落在造成悲劇的人的頭上。她將在以後的日日夜夜背負著這個包袱；也許會像猶大一樣，他背叛了耶穌基督，然後在絕望中自殺了，因為是她製造了一切有利於犯罪的條件。」

市長夫人對於神父的理智感到吃驚，因為這正是她所想的。那女孩漂亮，勾引男人，不接受與維斯科斯其他人一樣的生活，她總不甘心住在這裡，這裡雖然有這樣那樣的缺點，但它的居民勤勞正直，而且很多人都很滿意自己的生活（當然，外來者一旦發現這裡的生活總是這樣平和無味，馬上就會離去）。

「我看就是她了。」旅館老闆娘說，她心裡明白得再去雇人來酒吧幫忙，不過她也明白，一旦金條到手，她就可以關掉旅館遠走高飛了。「農民和牧民已經結合，有些結了婚，很多人的子女已經遠離此地住在外面了，他們總有一天會懷疑家裡是不是有人出什麼事了。普里姆小姐是唯一一個消失後不會留下任何蛛絲馬跡的人。」

由於宗教的原因——總之，耶穌咒罵指責無辜者的人——神父不願表態。不過，他知道誰應該是犧牲者，得讓大家自己去發現。

「維斯科斯的居民從早到晚，不分晴雨地辛勤工作。大家都肩負使命，包括這個可憐的女孩，魔鬼決定利用她來達到自己的邪惡目的。我們的人已經不多了，不能再去誇示我們又失去一雙手了。」

「這麼說來，神父先生，我們沒有犧牲者了。那就希望今夜能出現另一個外國人，不過這樣做也很冒險，因為他一定有家人，他的家人會為他找遍全世界。在維斯科斯，每一雙手都在勞動，都在埋頭苦幹地賺取麵包車送來的麵包。」

「言之有理，」神父說，「也許我們從昨晚開始所經歷的一切無非是種幻覺。如果是本城任何一個人，都會有其他人察覺到他的消失，而且沒有人能夠接受自己的親人出了什麼狀況。只有三個人獨自生活：我，貝爾塔太太和普里姆小姐。」

「您是在自告奮勇做犧牲者嗎？」

「一切都是為了這座城好。」

其他五個人都鬆了口氣，突然發覺今天是個陽光普照的星期六，再沒有什麼罪行可言，唯有一種殉道。聖器室裡的緊張空氣神奇地消失了，旅館老闆娘有一種想親吻那聖人之腳的衝動。

「不過有一件事，」神父繼續說道，「你們必須說服大家殺死上帝的一名使者不是死罪。」

「請您去向維斯科斯解釋吧！」市長興奮地說，他已經開始計畫用那筆錢發起什麼改革了，在這地區各報紙上刊登廣告，降低稅收，這樣會吸引新的投資，他會資助旅館進行一些改革，這樣就能吸引更多的遊客，再來就是鋪一條新的電話電纜，就不會像現在老出毛病了。

「我不能去解釋，」神父說，「殉道者自我獻身是當人們想殺他的時候。但是從不叫人來殺死自己，因為教會說生命是上帝的贈禮。你們去解釋吧。」

「沒人會相信我們的。他們會認為我們是最壞的殺人犯，認為我們就像猶大對基督一樣為錢而殺死一位聖人。」

神父聳了聳肩。好像陽光重又消失，緊張氣氛重返聖器室。

「要是這樣的話，那就剩下貝爾塔太太了。」地主說。

好長時間沒人答腔，這時神父開口說道：

「那個女人應該是因為失去丈夫而倍受痛苦。這些年來，她一直坐在家門口，面對風吹日曬和厭倦。除了思念，她無所事事，而且我覺得這個可憐女人正在慢慢地變瘋：很多次我路過她那裡，看見她獨自一人在自言自語。」

又是一陣風吹進來，風很急，大家都嚇了一跳，因為窗子是關著的。

「她的生活一直很悲慘，」旅館老闆娘說，「我相信她會願意為了盡快與自己心愛之的人相聚而付出一切。他們結婚都四十年了，你們知道嗎？」

大家都知道，但這句話不合時宜。

「一個老女人，已經是風燭殘年了，」地主說，「她是這座城裡唯一無關緊要的人。有一次我問她為什麼冬天也要坐在屋外，你們知道她說什麼嗎？她說她在監視這座城市，好察覺到哪天惡將降臨此地。」

「是啊，看來她沒有做好自己的工作。」

「恰恰相反，」神父說，「我聽懂了，你們的意思是說誰讓惡進來，誰就應該請它離開。」

再一次的沉默，大家都明白犧牲者已經選定。

「現在就差一個細節了，」市長夫人說，「我們已經知道要在什麼時候以人民福利的名義獻出犧牲者了。我們已經知道誰是犧牲者了。經由這次犧牲，一個善良的心靈將會升上天空並重新獲得幸福，而不用在人間受苦。現在只剩下我們該如何去做了。」

「現在就看我們怎麼對全城人說了，」神父對市長說，「是不是今晚九點在廣場召開一次大會。我認為我知道該怎麼做。九點鐘之前一點時間，你到我這裡一趟，我們單獨談談。」

大家臨走之前，他請兩位在場的女士在大會進行之際，去一趟貝爾塔的家和她談談。雖然老太太晚上從不出門，但謹慎小心總不為過。

香塔兒準時抵達酒吧。還沒有人來。

「今晚在廣場上有個聚會，」旅館老闆娘說，「不過，只准男人參加。」

不必贅言。她已經知道將要發生什麼。

「你真的看見金條了？」

「我看見了。但你們應該要求外國人把金條帶到這裡來。等到他如願以償後，他可能會打算躲起來。」

「他又不是瘋子。」

「他是瘋子。」

旅館老闆娘認為確實是個好主意。她上樓到外國人的房間去，幾分鐘後就下來了。

「他同意了。他說藏在樹林裡了，明天帶來。」

「我認為我今天不必上班了。」

「必須上班。這是你合約的一部分。」

她不知道該如何繼續那天下午他們所討論的問題，女孩的反應如何事關重大。

「這一切對我刺激不小，」她說，「同時，我明白也許人們需要三思而行。」

「思可以三十遍、三百遍，但就是沒有勇氣去做。」

「也許吧，」旅館老闆娘說，「不過，如果他們決定行動的話，你會怎麼做？」

女人想知道香塔兒的反應，而香塔兒發現，雖然自己住在維斯科斯這麼多年，但外國人比她更了解實際情況。在廣場上開會！可惜絞架已經拆掉了。

「那你會做什麼呢？」那女人不甘心地問道。

「我不會回答這個問題的。」她嘴上這麼說，實際上她對自己要做什麼心中已經有數。「我只想說惡從不帶來善。我本人今天下午就經歷了這一點。」

旅館老闆娘沒有料到自己的權威被冒犯，但她認為還是不與女孩一般見識，以免引來麻煩和敵意為妙。她說她得把今天的賬算好（這荒唐的托詞不攻自破，因為旅館裡只有一位客人），然後就扔下她一個人在酒吧裡了。她很安靜；即使老闆娘提到廣場上的會議，以此來表明維斯科斯發生了某些異常情況，普里姆小姐也沒有表現出任何反應。那個女孩同樣需要很多錢，她的人生還長，她的確是想追隨那些兒時朋友離開這裡。

因此，即使她不準備合作，但至少看起來她不想干涉。

神父吃了一頓儉樸的晚餐後，就獨自一人坐在教堂的長凳上。市長幾分鐘後就要到了。

他欣賞了一下刷得雪白的牆壁和樸素的聖壇，聖壇上面供有廉價聖像複製品，這些聖人在那遙遠的過去曾居住在此。儘管聖薩萬是維斯科斯復興的偉大功臣，但它的居民從沒怎麼信過教；大家已經忘記他了，反而更加喜歡阿哈巴、賽爾特人、農民悠久的迷信，他們不明白何以一個舉止，一個簡單的舉止——接受耶穌為人類唯一的救世主，就足以得到拯救。

幾個小時前，他自願成為殉道者。那可是一個冒險的賭注，但如果人們不是如此微不足道、如此容易被操縱，他準備自我犧牲到底。

「不對。他們確實微不足道，但不是那麼容易被操縱。」正是因為如此，利用沉默或語言的圈套，他們使他說出了他們所希望聽到的：救贖的犧牲，被救的犧牲者，墮落者改頭換面變成光榮。他佯裝被人利用，然而他只說了他所相信的東西。

他從小就受教育為從事神職做準備，這也正是他的愛好。二十一歲時，他已是神父，並以他的語言天賦和管理教區的能力打動了所有人。他每天晚上都祈禱，給人看病，訪問駐軍，給饑餓之人施捨食物——完全是按照經文的要求去做的。漸漸地，他的名聲在地方上傳開，並傳到主教耳裡，這是一個以智慧和公正而聞名的主教。

主教邀請他還有幾個年輕神父共進晚餐，最後，老得快走不動路的主教站起來並為在座所有人倒水。大家都謝絕，只有他讓主教倒滿一杯水。

其中一個人以能讓主教聽到的聲音悄聲說道：「我們大家都謝絕是因為我們知道我們不配喝這位聖人為我們倒的水。我們之中有人不明白我們的主教在為我們倒滿這沉重的一杯水時所做出的犧牲。」

回到自己座位上時，主教說：

「你們，認為自己是神聖的，沒有卑躬去接受，而我也不高興去給予。只有他讓善表現出來。」

就在當時，主教派他前往一個更為重要的教區。

後來兩人成為朋友，經常見面。每當有疑問，他就向主教求助，一般都是滿載而歸，他稱主教為「他的精神父親」。例如有一天下午，他很苦惱，因為他不確定自己的行為是否讓上帝滿意。於是就去找主教，問他該怎麼做。

「亞伯拉罕[10]接受了異族人，上帝高興了。」這就是回答。「以利亞[11]不喜歡異族人，上帝高興了。大衛[12]為自己的所作所為而驕傲，上帝高興了。稅吏在聖壇前為自己的所作所為而羞恥，上帝高興了。施洗約翰[13]去了曠野，上帝高興了。保羅[14]去了羅馬帝國的各大城市，上帝高興了。我從何而知能讓全能的主高興的事呢？去做你心中想做的事情，這樣上帝就會高興的。」

這次談話後的第二天，主教——他偉大的精神導師——就因為心臟病突發而去世。神父把主教的死看做一種信號，然後就確確實實照他說的去做了：隨心所欲。有時候他施捨，有時候他命人去工作。有時候做一次非常嚴肅的講道，有時候和信徒一起唱歌。他的言行舉止又傳到新主教的耳裡，而他也召見了他。

當他看到新主教是幾年前由於主教倒水而發表評論的那個人時，他非常吃驚。

「我知道如今你管理著一個重要的教區，」新主教帶著嘲諷的眼神說道，「而且，這些年來，你已經成為我前任的一位摯友了。也許你一直渴望得到我這個位置。」

「沒有，」他答道，「我渴望智慧。」

「那麼如今你一定是個很有學問的人。但是我聽到一些關於你的怪事：有時你施捨，而有時你卻拒絕給予我們教會必須給予的幫助。」

「我的褲子有兩個口袋，每個口袋裡都有個字條，但我只把錢放在左邊那個口袋裡。」

∞

新主教對此感到好奇；紙上寫的是什麼？

「在右邊口袋裡的紙條上我寫道：『我不過是塵與灰。』在左邊口袋裡，我放著錢，紙條上寫的是：『我是上帝在人間的體現。』當我看到貧困和不公正時，就把手放入左邊口袋並給予幫助。當我看到懶惰和遊手好閒時，就把手放入右邊口袋，這邊沒有錢可給。依此方法我得以平衡物質世界和精神世界。」

新主教感謝他仁慈而美好的形象，對他說你可以回你的教區去了，還說要在整個地區進行調整。沒過多久，他就接到調他去維斯科斯的消息。

他立刻明白了背後的涵義：嫉妒。但是他已許下諾言，無論身在何處都為上帝服務，於是他滿懷謙恭和熱情走向維斯科斯；迎接新的挑戰。

一年過去了。又一年過去了。一晃五年，再怎麼努力，他也沒能讓更多的信徒走進教堂：這裡是一個曾經被一個叫阿哈巴的幽靈統治過的城市，他說的任何話都沒有那裡流傳的神話重要。

十年過去了。在第十年歲末他明白了自己的錯誤：他把自己對智慧的尋求變成了高傲。他一直如此相信神聖的公正，而不知道使用外交手腕平衡它。他曾希望生活在一個上帝無處不在的世界裡，為的是在那些屢屢不讓上帝進入這世界的人之間找到自我。

十五年以後，他明白自己再也走不出這裡了：老主教現在已在梵蒂岡，成為一位重要的紅衣主教，而且很有可能當上教皇——而他絕不會允許一個下層教士傳揚自己是由於他的嫉妒而被發配在外的。

這時候，他已經完全沒有了激情——誰也忍受不了這麼多年的冷漠。他曾想，如果在一個恰當的時間他不當教士了，可能會是一個對上帝更為有用的人；但是他無限期地拖延了自己的決定，總相信情況會有所改變，如今為時已晚，他和世界已不再有任何接觸。

二十年過後，有天晚上他絕望地醒來：他的生命已經完全無用了。他知道自己有能力做許多事情，也知道自己所取得的一點點成就。他想起他習慣放在口袋裡的兩張字條，發覺自己總是把手插入右口袋。他曾想成為智者，但他不是政治家。他曾想成為公正的人，但他不是智者。他曾想成為政治家，但他沒有膽量。

「我主，你的寬宏大度在哪裡呀？你為什麼像對待約伯一樣對待我呢？我的生命中已經沒有什麼機會了嗎？再給我一次機會吧！」

如同往常，當他需要答案時，他就起床隨手打開《聖經》。他的目光落在基督最後的晚餐的一段：基督請求叛徒把自己交到正在尋找他的士兵手裡。

好長一段時間，神父思考著剛才讀到的：為什麼耶穌要求叛徒去犯罪呢？「為了履行契約。」權威神學家們會說。即使如此，為什麼耶穌引誘一個人去犯罪和受永罰呢？

耶穌絕不會做這些的；實際上，像耶穌自己一樣，叛徒只是個犧牲者。惡需要表現和發揮自己的作用，以便善最終取得勝利。如果沒有背叛，就沒有十字架，契約就不會被履行，耶穌的犧牲就不會成為典範。

就在第二天，就像許多來來往往的外國人一樣，一個外國人來到此城；神父沒有在意，也沒把這名外國人和對耶穌祈禱或是讀到的句子聯想在一起。當他聽到關於達文西畫作〈最後的晚餐〉過程中有關模特兒的故事時，他記起在《聖經》中讀過同樣的經文，但他認為這一切都不過是巧合而已。

就在普里姆小姐講了打賭的事情後，他才明白上帝已經聽到他的祈求。

惡必須表現，好讓善最終能感動人心。自從踏上此教區的土地後，他是第一次看到教堂擠滿了人。也是第一次看到本城最重要的人物都來到聖器室裡。

「惡必須表現，好讓人們明白善的價值。」就像《聖經》中的叛徒一樣，在他剛背叛耶穌不久，就明白自己做了什麼，同樣的事也會發生在這些人身上：他們會非常後悔，而唯一的避難所就是教堂，維斯科斯也就會在多年之後變成一座信教的城市。

充當惡的工具這一件事落在他身上；這是可以獻給上帝的發自內心的謙恭之舉。

8

市長如約而至。

「我想知道我該說些什麼，神父先生。」

「讓我來主持會議。」這就是回答。

市長猶豫不決。坦白說，他是維斯科斯的最高長官，而他不喜歡看到外人在公開場合處理一個很重要的問題。雖然神父在這裡已經二十多年了，但他不是本地出身的人，他不知道所有的故事，他的血管裡沒有流淌著阿哈巴的血。

「我想，這類重大問題還是應該由我直接去對民眾說。」他說道。

「我同意。這樣最好，因為我可能會有失誤，而且我也不想看到教會捲入其中。我把我的計畫告訴你，然後你負責向大家公布。」

「這樣吧，如果計畫是你的，我相信讓你來跟大家分享更為公正公道。」

「又是膽怯，」神父心想，「要控制一個人，就讓他心生膽怯。」

九點以前，兩位女士來到貝爾塔家，這時她正在小客廳裡編織東西。

「今晚這城裡有些異常，」老太太說，「我聽到很多人在走動，有很多腳步聲：酒吧裝不下這麼多人的。」

「是男人，」旅館老闆娘說，「他們要前往廣場，討論如何對付那個外國人。」

「我知道。我認為沒有什麼好討論：要麼接受他的建議，要麼讓他兩天後走人。」

「我們絕不會考慮接受他的建議。」市長夫人氣憤地說。

「為什麼？我聽說今天神父做了一次精彩的講道，說一個人的犧牲拯救了人類，而且還說上帝接受魔鬼的建議，最後懲罰了他最忠實的僕人。如果維斯科斯的居民決定考慮把外國人的建議看成是一種所謂的交易，那又有什麼錯？」

「你不會是認真的吧？」

「我很認真。你們騙不了我。」

兩位女士想起身走人，但這很冒險。

「此外，二位為何大駕光臨？這種事以前可從沒有過。」

「兩天前，普里姆小姐說聽到那可惡的狼叫了。」
「我們大家都知道那可惡的狼不過是鐵匠愚蠢的托詞罷了，」旅館老闆娘說，「他應該是和鄰村的某個女人去了樹林，他想占有她，遭到反擊，於是編出這麼一個故事。不過，即使如此，我們還是決定來看看，看看你這裡有沒有事。」
「一切都平安無事。我正在編織一塊桌布，不過，能不能編完另當別論，說不定我明天就死了呢。」
一時間屋裡氣氛很尷尬。
「你們也知道，老人說死就死的。」貝爾塔接著說。
局面又緩和了。或者說差不多緩和了。
「你想這個還早了點兒。」
「可能吧；還不會說死就死吧。你們要知道今天這個問題一直在我腦袋裡打轉。」
「有什麼特別的原因嗎？」
「你們認為我應該有嗎？」
旅館老闆娘必須轉移話題，不過得非常小心。這時候，廣場上的會議差不多要開始了，然後很快就會結束。

「我覺得，上了歲數就會明白人固有一死。我們需要學會平靜、智慧、順從地面對死亡：死亡常使我們從一些無用的痛苦中解脫出來。」

「你說的完全有理，」貝爾塔說，「這正是我下午所想的。那麼你們知道我得出什麼結論嗎？我非常非常怕死。我不敢相信已經輪到我了。」

氣氛愈加沉重，市長夫人想起聖器室裡關於教堂旁那塊地的討論；她們嘴上說著一個問題，實際上想的是另一個問題。

她們倆誰也不知道廣場上的會議進行得怎麼樣了；誰也不知道神父的計畫，還有維斯科斯那些男人們的反應。引導貝爾塔更坦率地談話真是白費工夫。此外，沒有人能不帶絕望地就接受死亡。她思考過這個問題：如果要殺死那個女人，得找出一種讓她沒有什麼劇烈反抗、不會給以後的調查留下痕跡的方法。

消失。就是簡簡單單地消失；她的身軀不能放入墓地，或是棄置樹林中；等外國人證明他如願以償之後，應該把她燒掉，然後把骨灰撒到山上去。不論是從理論上還是實際上講，她都會讓那塊土地重新肥沃起來。

「你在想什麼？」貝爾塔打斷了她的思緒。

「一堆篝火，」市長夫人說，「在想一堆漂亮的篝火，它能烤熱我們的身體和心臟。」

「還好我們不是在中世紀；妳們知道城裡有些人把我視作女巫嗎？」

不能再說謊了，要不然老太太會不信的；兩人都點了點頭。

「假如是在中世紀，居民可能想把我燒死——只是因為有人決定我應該是有罪之人。」

「怎麼回事？」旅館老闆娘心想，「難道有人背叛了我們？難道站在我旁邊的市長夫人之前來過這裡並向她道出一切？難道神父後悔了並來向一個有罪之人懺悔過？」

「我非常感謝你們來看我，不過，我很好，身體很健康，準備犧牲一切，包括這種白癡的飲食方法，這種方法能降低膽固醇——因為我希望多活些日子。」

貝爾塔起身開門。兩人告辭出來。廣場上的會議還沒有結束。

「不過，我很高興見到妳們，現在我不織了，準備睡覺。說句實話，我相信真的有可惡的狼；既然妳們年輕，為了保證牠不走近我的房門，妳們能不能就在附近等待會議結束？」

兩人同意，並向她道晚安，然後貝爾塔就進屋去了。

「她知道了！」旅館老闆娘低聲說，「有人說了！妳沒注意到她說話時那諷刺的口氣嗎？妳沒看出她明白我們到這裡來是為了監視她嗎？」

市長夫人迷茫了。

「她不可能知道。瘋子才會去說。除非……」

「除非什麼？」

「除非她真是個女巫。你還記得我們談話時有風吹進來嗎？」

「窗子當時都是關著的。」

兩個女人的心一陣戰慄，多少個世紀的迷信襲上心頭。如果她真是個女巫，那她的死就不是在拯救這座城市，而是會徹底毀滅這座城市。

這正是傳說中所言。

∞

貝爾塔關上燈，然後從窗縫看著街上那兩個女人。她不知是該笑、該哭，還是就這樣接受自己的命運。只有一件事她很清楚：她死期已定。

她丈夫傍晚時分出現過，而且，讓她吃驚的是，他是由普里姆小姐的外婆陪著來的。貝爾塔最初的衝動就是嫉妒：他和那個女人在一起幹什麼？不過，馬上她就注意到兩人眼中的不安神色，而當他們跟她講了在聖器室裡聽到的話之後，她更加絕望了。

兩人要她趕快逃走。

「你們不是在開玩笑吧，」貝爾塔說，「怎麼逃？我這雙腿連走到離這裡一百公尺遠的教堂都不行，這些台階叫我怎麼走？行行好吧，請你們在那高處解決這個問題吧，保護我吧！說到底，我為什麼向所有聖人祈禱呢？」

局勢比貝爾塔想像得要複雜，他們解釋說：善與惡正在交戰，誰都不能干涉。在一定時期內，天使和魔鬼會進行一次定期的戰鬥，決定要懲罰或拯救整個地區。

「這與我無關；我無力自衛，這場戰鬥不是我的，我沒有要求加入。」

誰也沒要求過。一切都始於兩年前一個守護神的計算錯誤。在一次劫持中，兩個女人活在世上的日子也是屈指可數了，但是一個三歲的小女孩應該得救。據說，這個小女孩安慰了父親，使他又有了生活的希望，並去戰勝接踵而來的巨大痛苦。他是個善人，雖然經歷過可怕的時刻（沒人知曉箇中原由，這屬於上帝的一個計畫，從沒完整解釋過），但最終會恢復常態。這個女孩會帶著悲劇色彩成長，而且二十年以後，會利用自己的痛苦去減輕別人的痛苦。她會做出一件名揚四海的大事。

這就是原始的計畫。而且一切都進行得天衣無縫：警方衝進來，槍戰開始，預定要死的人紛紛倒下。正如貝爾塔所知，所有三歲孩童都能時時看到自己的天使並與之交談。這時，女孩的保護神做了個手勢，要她往牆的方向退。但是孩子沒明白，反而走近它想聽清楚它在說什麼。

她只移動了三十公分，這足以讓子彈擊中她。從這裡開始，故事轉了方向：本應是個美麗的拯救之事卻變成了無休止的戰爭。魔鬼入場了，要求得到那個充滿仇恨、感到無能為力、一心要復仇的男人的心靈。天使們不同意，他是個善人，他是被選來幫助他女兒去改變世上許多事情的，儘管他的職業不是很適合做此事。

但是天使們的爭辯沒能引起他任何回應。慢慢地，魔鬼占據了他的心靈，最後幾乎完全控制了它。

「幾乎完全，」貝爾塔重複道，「你們說『幾乎』。」

兩人說是的。還剩一絲不被察覺的光亮，因為其中一個天使拒絕放棄奮鬥。但沒人聽它的，直到前一天晚上，它終於說了幾句話。正是透過普里姆小姐。

香塔兒的外婆解釋說她就是為此才在這裡：因為，如果說有什麼人足以改變局面的話，那這個人就是她的外孫女。即使如此，戰鬥也是空前殘酷，而且外國人的天使一再因魔鬼的出現而奄奄一息。

貝爾塔試圖讓兩位平靜下來，因為他們倆非常緊張；總之，他們已經是死人，她才是應該擔心憂慮的人。難道他們不能幫助香塔兒改變局面嗎？

他們說香塔兒的魔鬼也想取得戰鬥的勝利。當她在樹林中時，她外婆曾叫可惡的狼去找她——確實有可惡的狼，鐵匠沒有說謊。她是想喚醒那個人的善心，她做到了。但是從表面上看，兩人的對話沒有進展；雙方個性都太強。現在只剩下一個機會：希望女孩能看見他們希望她看見的東西。或者說：他們知道她已經看見，他們希望她能明白這一點。

「什麼？」貝爾塔問。

無可奉告。與活人接觸是有界限的，一些魔鬼正注意著他們說話呢，而且如果它們事先知道了計畫，可能會摧毀一切。但他們保證是很簡單的事情，而且如果香塔兒夠機智的話——她外婆確信這一點——會知道如何控制局面。

貝爾塔接受了這個答覆，雖然她很希望知道秘密，但根本沒想去要求一個可能會要她性命的冒失行為。此時，還差一個問題，於是她轉向丈夫：

「你要我在這裡，坐在這椅子上，多年來監視著這座城市，是因為惡有可能進來。你這個要求早在天使不知所措和女孩要死之前。這是為什麼？」

丈夫回答說，無論如何，惡是要經過維斯科斯的，因為它習慣在世上轉來轉去，而且喜歡抓住疏忽大意的人。

「這沒有說服力。」

丈夫也知道沒有說服力，但這是實情。也許善與惡之間的決鬥每時每刻都在每個人心中進行著，那是天使和魔鬼們的戰場；幾千年以來，它們為每一寸陣地而戰，直到有一方最終完全摧毀另一方。同時，雖然他已在精神領域，但是還有很多東西——比人間多得多的東西——他不知道。

∞

「現在我更加信服了。你們放心吧。如果我得死，那也是因為時候到了。」

貝爾塔沒說她有點嫉妒，而且她希望能和丈夫相聚；香塔兒的外婆一直是維斯科斯最貪心的女人之一。

此時兩人托詞要去讓女孩正確理解看見的東西，然後就走了。貝爾塔更加嫉妒了，她心裡覺得，丈夫希望她多活一點兒時間，無非是為了不受干擾地享受普里姆小姐的外婆的陪伴，不過，她還是努力平靜下來。

誰知道呢，也許明天他就要結束這種他自認為擁有的獨立了。貝爾塔思考片刻，然後改變了主意：這個可憐的男人值得休息幾年，讓他認為自己是自由的，想做什麼就做什麼吧，沒什麼大不了，因為她確信他想念她。

看著外面那兩個女人，她心想，在這山谷裡多待一些時間，觀賞群山，觀看男人與女人之間、樹木與風之間、天使與魔鬼之間那無休止的衝突，這也挺不錯。她開始感到害怕，並且試圖把思想集中在其他事情上——也許明天要換一換羊毛線球的顏色了，因為桌布顏色單調了點兒。

廣場會議結束之前，她確信雖然普里姆小姐沒有與幽靈交談的天賦，但最終會明白所收到的信息，然後進入夢鄉。

「在教堂，在那神聖的地方，我談到犧牲的必要性，」神父說，「在這裡，在這世俗的地方，我請求你們準備去犧牲。」

小廣場上擠滿了人。廣場上光線不足，因為只有一根電線杆，市長競選時曾說過要多立幾根。農民和牧民因為習慣了日出而作、日落而息，眼下都是帶著半夢半醒的神態，並保持著一種恭敬且驚恐的沉默。神父在十字架旁放了一把椅子並站到上面，為的是讓大家都能看見他。

「幾個世紀以來，教會一直因打擊不公正而受到譴責，但是實際上，我們所做的一切都是為了戰勝各種威脅。」

「神父，我們可不是來聽關於教會的事情，」一個聲音喊道，「我們想知道關於維斯科斯的事。」

「我無須解釋維斯科斯將帶著你們、你們的土地和你們的羊群從地圖上消失。我來這裡也不是為了講教會的事情，然而有件事我要說：只有進行犧牲和懺悔，我們才能獲得解救。在你們沒有打斷我之前，我來講一講某一個人的犧牲、所有人的懺悔和全城的解救。」

「整件事都可能是個謊言。」另一個聲音喊道。

「外國人明天讓我們看金條。」市長說，他得意揚揚地報告連神父都不知道的一個情況。「普里姆小姐不想獨自承擔責任，而且旅館老闆娘也說服了外國人把金條拿到這裡來。我們因為有了這個保證才去行事。」

市長發言了，而且還就城市的改善、改革、兒童遊樂場、減稅和新得到的財富的分配問題侃侃而談一番。

「平分。」有人說。

該是承諾的時候了，他討厭這個部分，但是所有的目光都集中在他身上，好像大家猛然間都從昏昏欲睡中醒了過來。

「平分。」神父在市長開口前肯定地說。沒有選擇：要麼大家都承擔責任並獲取報酬，要麼有人出於嫉妒或復仇出來揭露罪行。神父很熟悉嫉妒和復仇這兩個詞。

「那誰去死呢？」

市長解釋了最後選中貝爾塔的公正方法：她因為失去丈夫而倍感痛苦，她老了，沒有朋友，好像一個瘋子，從早到晚坐在屋前，對村裡的發展沒有任何貢獻。她所有的錢沒有投資在土地和羊上面，而是放在一個遠離此地的銀行裡生利息；從她的財產上得利的只有那些商人，他們就像那輛麵包車一樣，每週一次出現在城裡賣他們的東西。

對於這個選擇，人群中沒有任何反對的聲音。市長很高興，因為他的權威被接納。然而，神父知道這可能是個好徵兆也可能是個壞徵兆，因為沉默不總是意味著「同意」——一般只是表現出當時人們無力行動。同時，如果誰不同意，轉頭就會因為不情願卻接受的東西而受盡折磨，後果就不堪設想。

「我需要大家都同意，」神父說，「我需要大家高聲說同意或是不同意，這是為了讓上帝聽見，讓他知道在他的軍團裡有勇敢的人。如果你們不信上帝，我也請你們高聲說同意不同意，以便大家都明白知道各自心中所想。」

市長不喜歡神父使用動詞的方式：他說「我需要」，而正確的方式應是「我們需要」，或是「市長需要」。等這個事情結束後，他再以必要的方式恢復自己的權威。現在，作為一個好的政治家，就讓神父去表現吧。

「我希望你們同意。」

第一個表示「同意」的是鐵匠。市長不甘示弱，也馬上高聲說同意。慢慢地，在場的每一個人都高聲說出了同意——直到大家都說出承諾。有些人說同意是因為希望會議快點結束好回家去；另一些人則想的是金條和讓這座城市能迅速致富的方法；有些人已經計畫著把錢寄給子女，好讓他們在大城市的朋友面前有面子；實際上這裡的人沒有一個還相信維斯科斯能恢復往日的光榮，他們只是希望得到自己值得得到但從來沒有得到的財富。

不過，沒有人說「不同意」。

「我們城裡有一百零八位女人和一百七十三位男人，」神父繼續說，「每位居民至少有一支槍，因為本地的傳統讓所有人都學會打獵。明早你們把槍都裝上一發子彈，然後放到教堂的聖器室。我請市長替我帶一支槍，他家有多餘的槍。」

「我們從不把武器給外地人，」一個打獵嚮導喊道，「它們是神聖的、桀驁不馴的、私人的。不能讓他人使用。」

「你們讓我說完。我來解釋一下行刑隊如何行動：召集七個士兵來向被判死刑的人射擊，給他們七支槍——其中六支槍裡裝有真子彈，一支槍裡是假子彈。彈藥一樣打出去，聲音也是一樣的，只是假子彈中沒有鉛粒射向犧牲者的身體。

「士兵誰也不知道哪支槍裝有這樣的子彈。這樣，每個人都認為自己槍是假子彈，是他的朋友把那個不認識的男人或女人打死的，但他們是在執行公務，不得不向他或她開槍。」

「大家都認為自己是清白的。」地主這時說話了，在這之前他一直沉默不語。

「沒錯。明天我也這樣做：我會把八十七發子彈的鉛粒去掉，剩下的槍中有真子彈。所有的槍將同時響起，但沒人知道誰的槍裡有真子彈。這樣，你們每個人都可以認為自己是清白的了。」

∞

男人們已經很疲倦，但神父的想法使他們鬆了一口氣。大家都異樣地為之一振，就好像一時間整個故事失去了悲劇色彩，只剩下如何找到藏起來的金條了。每個居民都確信他的武器裡是假子彈，他是無罪的——但他聲援他的同伴，他需要改變生活改變城市。現在人人都很興奮，維斯科斯終於要發生一些非同尋常的大事了。

「你們可以相信，唯一裝子彈的武器將是我的，因為我不能為自己選擇。我也不要我的那份金條。我如此做自有道理。」

市長再一次不喜歡神父講話的方式。他在讓維斯科斯居民明白他是一個勇敢的、領袖式的、慷慨大度的、能犧牲一切的人物。如果他夫人在這裡的話，會說那位神父是打算參加以後的選舉。

「等到星期一吧。」他心中暗想。他到時會下一道政令提高教堂的賦稅，讓神父待不下去。總之，神父是唯一不準備致富的人。

「那犧牲者呢？」鐵匠問。

「她會來的，」神父說，「這件事由我來辦。不過，我還需要三個人跟著我。」沒有人自告奮勇，於是神父就挑了三個強壯的男人。他們其中一個本想說「不」，但他朋友看了他一眼，於是他就把話嚥了下去。

「我們在哪裡獻出犧牲者呢？」地主直接對著神父說。市長正在迅速失去他的權威，必須立刻收復失地。

「這由我來決定，」他憤怒地看著地主說道，「我不希望維斯科斯的土地沾上鮮血。明天此時，在賽爾特人的獨石旁。帶著你們的燈籠火把，好讓大家都能看清楚朝哪兒瞄準，別打偏了。」

神父從椅子上下來了——會議已經結束。維斯科斯的女人又聽到路上的腳步聲，男人們各自回家，去喝一點兒東西，去看看窗外，或是疲倦地往床上一倒。市長見到了夫人，她向他講述了在貝爾塔家中的所見所聞，以及她的恐懼。還有，經過她和旅館老闆娘一起對老太太所說的每一個詞句加以分析後，她們倆得出結論是老太太什麼也不知道，只是那種罪過的感覺使得她們倆這樣惴惴不安。「就像那匹可惡的狼一樣，幽靈並不存在。」他這麼下結論。

神父回到教堂，然後整夜都在祈禱。

香塔兒用前一天買的麵包當早餐，因為星期日麵包車不來。她從窗戶往外看，看到居民們扛著獵槍出門。她已準備好去死，因為她很可能被選中；但是沒有人來敲她的門，相反，他們繼續向前走，進了教堂的聖器室，然後又空著手出來了。

她到了旅館，老闆娘告訴她前一天晚上所發生的事情；還講了犧牲者的選擇、神父的建議、為犧牲所做的準備。口氣中沒有敵意，看來事情正朝著有利於香塔兒的方向變化。

「有句話我想對你說，有一天，維斯科斯將會發現你為它的居民所做的一切。」

「那麼外國人得拿出金條來。」她固執地說。

「當然。他剛才拿著空背包出去了。」

她決定不去樹林了，因為這樣她得經過貝爾塔家，而她羞於見到老太太。她回到房間，又想起自己的夢。

前一天下午她做了一個奇怪的夢：有個天使把十一根金條交給她並請她保管。香塔兒回答天使說，為此必須殺掉某人。天使說不必：恰恰相反，這些金條證明他那裡沒有金條。

所以她請旅館老闆娘跟外國人說把金條拿出來；她有一個計畫。但是，由於她生活中屢遭失敗，她懷疑能否將計畫付諸實行。

貝爾塔看著太陽下山了，這時她看見神父和三個男人走了過來。她為三件事而悲傷：一是知道自己死期已定，二是看到她丈夫沒有來安慰她（他也許是對於要聽到的東西感到害怕，也許是對於自己無力救她而感到羞恥），再來就是她發覺自己積攢的錢最後將要屬於銀行的股東了，因為她已經沒有時間把錢取出來放一把火燒掉。

她為兩件事情而高興：她終於要去見丈夫了，這時候他也許正在和普里姆小姐的外婆散步呢；她生命中的最後一天雖然寒冷，但陽光明媚；不是所有人都有幸能帶著這種美好記憶離塵而去。

神父示意其他人停下來，他獨自一人走上前去。

「午安，」她說，「你們看上帝多偉大，他創造出如此美麗的自然。」

「你們是來帶我走的，而我將把世上一切罪過留在此地。」

「妳不要想像天堂了。」神父說，但她注意到她的箭已經射中他了，現在的他只是努力保持漠然。

「我不知道天堂是否如此美麗，我也不相信它的存在。你去過天堂嗎？」

「還沒有。不過，我去過地獄，而且我知道它很可怕，儘管從外面看上去很吸引人。」

她明白他是在指維斯科斯。

「你弄錯了，神父先生。你早就去過天堂，但你沒認出來。就像發生在世上大多數人身上一樣；他們在心曠神怡的地方尋找痛苦，因為他們認為自己不值得幸福。」

「看來這些年讓妳有長智慧了。」

「好久沒人來和我交談了。直到現在，很奇怪，大家都發現了我的存在。你想想，昨晚旅館老闆娘和市長夫人大駕光臨寒舍；今天神父也來了——難道我變成一個重要人物了不成？」

「非常重要，」神父說，「村裡最重要的人物。」

「難道我得到什麼遺產了嗎？」

「十根金條。男人、女人和孩子將為後代子孫感謝你。甚至可能為你立碑作傳。」

「我希望到時候有座噴泉。除了當做裝飾外，還能給來的人解渴，並讓那些憂慮不安的人平靜下來。」

「會建一座噴泉的。我保證。」

貝爾塔認為嘲弄到此為止，該是言歸正傳的時候了。

「我都知道了，神父。你在判決一個無辜的女人，她不能為了自己的生命抗爭。該死的是你，還有這土地和這裡所有的居民都該死。」

「我是該死，」神父同意道，「二十多年來，我試圖祝福這片土地，但沒人聽見我的呼喚。二十多年來，我也試圖把善帶入人們心田，直到他們明白上帝選擇我是為了成為他的左臂，並指出他們所能做出的惡。也許是因為這樣，他們被嚇住了，並信了教。」

貝爾塔想哭，但還是忍住了。

「言辭華麗，內容空洞。這只是對殘酷和不公的一種解釋而已。」

「與其他人相反，我這麼做不是為了錢。我知道就像這該死的土地一樣，這金條也該死，它不會給任何人帶來幸福：我這麼做是因為上帝要我做。或者說：他命令我做，他回應我的祈禱。」

貝爾塔心想抗爭也沒用。這時只見神父從口袋裡掏出幾粒藥。

「你什麼感覺都不會有的，」他說，「咱們進去吧。」

「在我活著的時候，不論是你還是村裡的任何人都別想踏進我的家。也許今天夜裡我的房門會開著——但現在不行。」

神父向其中一個人示意，這人拿著一個塑膠瓶走了過來。

「把這些藥吃下去。接下來的幾個小時內你將睡去。等你醒來時，已經在天上，和你丈夫在一起了。」

「我一直和我丈夫在一起。我就算失眠也從不吃藥。」

「這樣最好，效果會更好。」

太陽已經落下，陰影開始迅速籠罩著山谷、教堂和城市。

「如果我決定不吃呢？」

「不吃也得吃。」

她看一眼陪伴著他的幾個男人，明白神父所言不虛。她拿起藥片，放入口中，然後喝光一瓶水。這水：無味，無臭，無色，而且是世界上最重要的東西。就像此時的她一樣重要。

她再次看了看山峰，現在已被陰影遮住。她看見第一顆星星已經掛在天空，她想到自己也曾幸福生活過；她生在並死在一個她熱愛的地方，雖然這地方很不喜歡她——但這又有何妨？誰要是期望著有回報的愛就是在浪費時間。

她被祝福過。她沒去過其他國家，但她知道在這裡，在維斯科斯發生著其他地方同樣發生過的事情。她失去心愛的丈夫，但即使在他死後，上帝也讓她擁有了繼續留在他身邊的愉悅。她看到村子的鼎盛，也看到它開始衰敗，在看到它徹底毀滅之前，她要走了。她了解人的缺點和品德，而且她相信，儘管在她身上發生了這一切，儘管她的丈夫說他親眼目睹看不見的世界裡的那些戰鬥，但人類的善良最終會戰勝。

她為神父、市長、普里姆小姐、外國人、維斯科斯的每一個居民感到遺憾：惡從不帶來善，儘管他們相信會。等他們發現實情，為時已晚。

她一生中只後悔一件事：她從沒見過大海。她知道大海的存在，它浩瀚遼闊，洶湧和平靜共存，但她從沒去過有大海的地方，嚐一嚐鹹鹹的海水，赤腳感受一下沙子，潛入冷水中，那種感受就像再次回到偉大母親（她想起賽爾特人愛用這個詞）的腹中。

此外，她沒有什麼可抱怨了。她很憂傷要如此離去，但她不希望感到自己是個犧牲者：一定是上帝選擇她來擔當此任，而且這比上帝為神父做的選擇要好多了。

「我想給你講講善與惡。」她聽見神父說，同時她感到手腳麻木。

「不必了。你不知道善。你已被別人給你造成的惡所毒害。而現在這瘟疫正在我們的土地上蔓延。這並不異於來訪我們並毀滅我們的外國人。」

她幾乎什麼都聽不見了。她望了望星星，然後閉上了眼睛。

外國人直奔洗手間，仔細清洗每一根金條，然後又把它們放回破舊的背包裡。兩天來他已完全置身事外，而現在他要回到最後一幕中了——他必須再次出場。

一切都計畫周密：先挑選一個人口不多、與世隔絕的城市，然後再找到一個同謀，以便——如果出什麼差錯的話——沒有人能譴責他教唆犯罪。錄音機、報酬、謹慎小心的步驟，和居民搞好關係的第一階段；然後是第二階段，播下恐怖與混亂的種子。上帝怎麼對待他，他也怎麼對待別人。如果說上帝把善給他是為了讓他以後把它扔進深淵，他以後也會對別人這麼做。

他注意到每一個枝微末節，偏偏就沒注意一件事：他從沒想過他的計畫會成功。他確信，到了做決定的時刻，一個簡單的「不行」就可能改變故事，一個人不同意就足以讓犯罪成為泡影，但也可足夠顯示並不是一切全然失敗。如果一個人拯救了村莊，世界也就得到了拯救，希望仍存在，仁慈更強大，恐怖分子並不知道他們所造成的惡，最終會被原諒，痛苦的日子將會被憂傷的回憶所替代，他可以學會接受這種回憶並重新尋找幸福。為了他曾經想聽到的這個「不行」，這座城市會得到十根金條，不必取決於他和女孩的打賭。

然而他的計畫失敗了。現在為時已晚，不能改變主意了。

∞

有人敲門。

「快走，」他聽見旅館老闆娘在叫，「時候到了。」

「馬上下來。」

他拿起外套，穿上後就到酒吧和她會合。

「我帶著金條了，」他說，「但是，別見怪，我希望妳明白有些人知道我的住處。如果你們決定改變犧牲者，妳可以確信警方會到這裡來找我，妳也看到我打了許多電話。」

旅館老闆娘只是點了點頭。

賽爾特人的獨石離維斯科斯有半小時路程。幾百年來，大家認為它只是一塊在風吹日曬下與眾不同的巨石，以前豎立著，後來被雷電擊倒了。阿哈巴習慣在此召開城裡的會議，因為這塊岩石可以當露天的天然桌子。

直到政府派了一個小組來山谷考察賽爾特人的遺跡時，才有人注意到這塊大石。接著考古學家就來了，又是丈量，又是計算，討論，挖掘，最後得出結論說是賽爾特人選擇此地作為聖地，但不清楚當時的儀式是什麼。有些人說是一種天文觀測台，還有人確信是受孕儀式——處女被祭司占有——在此進行。學者小組討論了一個星期後，沒有對此做出任何結論，就出發到更有意思的地方去了。

當他當選市長後，就在當地一家報紙上發表了一篇有關賽爾特人在維斯科斯留下的遺產的報導，試圖吸引遊客，但是路很難走，很少有冒險者來到這裡只為了看一塊倒了的石頭，而在山谷其他村子裡有雕塑、雕刻，還有很多更有意思的東西。他的想法沒有成功，因此很快這塊獨石就又恢復它以往的作用：週末時用來當野餐的桌子。

那天下午，維斯科斯許多家中都在爭論著同一件事情：丈夫想自己去，但女人也要求參加那「犧牲儀式」，這是居民對於犯罪的一種說法。丈夫說有危險，火槍可能走火傷人，女人卻固執地說男人推來推去不過是自私而已，說男人必須尊重她們的權利，這世界已今非昔比了。丈夫們最終還是讓步了，女人們歡呼慶祝。

現在，隊伍正朝目的地走去，銜尾相隨形成一條兩百八十一個亮點的人流，因為外國人也舉了個火把，至於貝爾塔則什麼也沒拿——所以居民總數還是那麼多。每個人一手拿個燈籠或提燈，一手拿著獵槍，槍都沒合上，以防走火。

貝爾塔是唯一不用走路的人；她平靜地睡在一副臨時做成的擔架上，兩個砍柴人吃力地抬著它。「還好我們不用把這個沉重的東西再抬回去，」其中一個人心想，「不然，子彈打進肉裡，它得重上三倍。」

他計算著每發子彈一般有六粒鉛粒。如果所有有子彈的槍都打中目標，就會有五百二十二粒鉛粒擊中軀體，到時候金屬都比血多了。

男人不禁感到反胃。就想著星期一，別再想其他事了。

行進中誰也沒說話。誰也沒看誰，就好像眼下的一切都是他們準備盡快忘記的噩夢。他們感到累，更感到緊張。他們終於氣喘吁吁到達目的地，然後在賽爾特人紀念物所在空地上圍成一個大大的燈火半圓圈。

市長做了個手勢，砍柴人便把貝爾塔從擔架上抬下來放到獨石上。

「這樣不行，」鐵匠說道，他想到戰爭片裡那些戰士匍匐前進的鏡頭，「很難打中躺著的人。」

砍柴人又把貝爾塔拉下石頭，讓她背靠石頭，把她擺成了坐姿。這好像是理想的姿勢了，但突然聽到一個女人的抽泣聲。

「她在看大家，」她說，「她看著我們在做什麼。」

貝爾塔當然什麼也沒看，不過，望著那個神態安詳、嘴角掛著一絲滿意微笑安然入睡但很快就會被小鉛粒打爛的女人，真是讓人難以忍受。

「讓她轉過身去。」市長命令道，他也覺得看了不舒服。

砍柴人嘟囔著又走到獨石前，他們把她轉過去，讓她跪在地上，臉和胸靠在石頭上。由於這種姿勢根本固定不住，就需要在她的手腕上繫上繩子，然後把繩子從大石上面拉過去，繫在另一邊。

現在這種姿勢很可笑：這個女人跪在那裡，雙手舉向石頭上面，就好像是在祈禱。又有人說這樣不行，但市長說該是結束任務的時候了。

越快越好。不要討論不要辯白；這一切都可以留到明天——在酒吧裡，在路上，在牧人和農民的閒談中——再說。完全可以確信，維斯科斯其中一條通往城外的路上將會很長時間沒人走，因為大家已經習慣那個老太太坐在那裡望著山，自言自語。還好，這座城還有另外兩條出路，此外，還有一條人走出台階來的小路，可抄近直通到下面的大路上去。

「我們快點完成這件事情，」市長說，他很高興，因為他看到神父已不再多言，而他的權威重又建立起來。「山谷裡說不定會有人看到火光會想知道發生什麼事情。準備，射擊，然後我們走人。」

沒有什麼莊重感。如同保衛自己城市的優秀士兵一樣在履行義務。毫無疑問。是命令，要遵命。

然而，突然間，市長不僅明白了神父的沉默，而且還確信是中了圈套。從現在起，如果有一天這件事傳揚出去，大家都會說戰爭中殺人犯所說的話，都是在執行命令。現在那些人心中在想：他是卑鄙之徒還是救世主？

不能氣餒，尤其是在眼前獵槍槍筒啪啪合上的關口。他想像了一下一百七十四支槍響的聲音，如果有人聽到槍聲要來看看出什麼事了，他們早已離開這裡了。在槍聲響起之前他就命令大家回程時把燈火都熄滅掉。他們閉著眼睛都能認得路，燈火只是為了防止射擊時出差錯。

女人都下意識地往後退，男人的槍瞄向五十公尺外一動不動的軀體，他們不會打偏的，因為他們從小就訓練著打飛禽走獸。

市長準備發令射擊。

「請等一下！」一個女人喊道。

是普里姆小姐。

「金條呢？你們看到金條了嗎？」

槍都放下了，但還上著膛：沒有，誰也沒看到。所有人都轉向外國人。

只見他緩緩走到眾人槍口前面。他把背包放在地上，然後一根接一根地拿出金條。

「就在那裡。」他邊說邊回到半圓形另一頭的他原來的位置上。

普里姆小姐走到金條前，拿起了一根。

「是金條，」她說，「不過，我希望你們也來鑒定一下。請過來九位婦女，每人鑒定一下地上的金條。」

市長開始不安起來，她們會處於槍口下，要是哪位一緊張走火可就麻煩了；而那九位女人——包括他的女人——已經走到普里姆小姐那裡，並且照她要求的做了。

「沒錯，是金條。」市長夫人說，她仔細查看手中的東西，並和自己為數不多的首飾作比較。「我看見上面有政府的印記，可能還有序號、鑄造日期和重量。我們沒有上當。」

「那好，你們拿好，同時聽我說。」

「現在不是演講的時候，普里姆小姐。」市長說。「你們都離開那裡，讓我們完成任務。」

「住嘴，白癡！」

香塔兒的喊叫聲把大家都嚇住了。誰也沒想到有人在維斯科斯能說出這樣的話。

「小姐妳瘋了嗎？」

「住嘴！」她喊道，聲音比剛才還大，她渾身都在顫抖，眼中冒出仇恨的怒火。「你才瘋了呢，你已經中了要帶我們走向判罪和死亡的圈套！你是個不負責任的人！」

市長朝她走去，但被兩個男人攔住了。

「我們聽聽這個女孩說些什麼！」人群中有人喊道。「十分鐘沒什麼問題！」

十分鐘——五分鐘就可能是天壤之別了，每一個男人和女人都清楚這一點。面對局勢的發展，恐懼會增加，罪惡感會蔓延，羞恥心會出現，雙手會顫抖，而且大家都會想找個藉口改變主意。當他們上來時，都認為扛的是一支裝有假子彈的槍，然後一切都會結束；而現在他們害怕自己槍裡裝的是真子彈，那個有女巫稱號的老太太的幽靈會在夜晚時找上他們。

或者會有人告發。或者神父說話不算數，他們就都成了罪人。

「五分鐘。」市長說，他試圖讓大家相信行不行他說了算，實際上卻是女孩在恣意妄為。

「我想講多久就多久，」香塔兒說，看來她已經恢復平靜，準備寸步不讓，眼前她帶著不容質疑的權威開講。「但不會太久。這裡發生的事情很有意思，主要是因為我們大家都知道，在阿哈巴時代，常有人路過此城，他們說有一種特殊的粉末，能把鉛變成金。他們稱自己為煉金術士，而且至少其中有個人在阿哈巴威脅要殺死他時，得以證明他說的是實話。

「今天你們想要做同樣的事情：把鉛與血融合，確信它可以變成我們手中的金條。一方面，你們完全有道理。另一方面，一旦金條很快到手，它也會很快失去。」

外國人不明白女孩說的話，但還是希望她繼續講下去。他注意到在自己心靈中黑暗一角，那已被遺忘的光閃亮起來了。

「我們大家在學校裡都學過一個著名的傳說：彌達斯王⑮的傳說。他遇到一位神，神給了他所希望的。彌達斯已經很富有，但還想有更多的錢，於是他請求神讓他把手觸摸到的一切都變成金子。

「讓我幫助你們回憶一下所發生的事情吧：首先，彌達斯把他的家具變成了金子，還有他的宮殿，他周圍的一切。他忙了整整一上午，於是他有了一個金子的花園，金樹，金樓梯。中午時分，他感到肚子餓了，於是就想吃飯。但是，當他手碰到僕人為他準備的美味羊腿時，它就變成了金子。他拿起一杯葡萄酒，它也立刻變成了金子。他很失望，就跑到妻子那裡，請她幫忙，這時候他明白了自己所犯的錯誤；然而，當他一碰到她的手，她也變成了一座金子的雕像。

「僕人都趕忙跑了出去，怕這件事也發生在自己身上。不到一個星期，彌達斯就被金子包圍，又餓又渴地死了。」

「為什麼給我們講這個故事？」市長夫人問道，她已把金條扔在地上，往丈夫身邊走去。「難道是某位神已經來到維斯科斯並給予我們這種能力嗎？」

「我講這個故事只想說明一個簡單的道理：金條本身不值錢。絕對不值錢。我們不能吃它、喝它、用它買牲畜和土地。值錢的東西是錢。那我們如何把金條變成錢呢？

「我們可以做兩件事：請鐵匠把這些金條給熔化了，分成二百八十一份，然後每個人拿它到城裡去換。到時候，我們會引起政府的懷疑，因為這座山谷沒有出產金子，這樣會顯得非常奇怪，怎麼維斯科斯的居民每人都拿著一小塊金條出現在那裡。政府會起疑。我們可以說我們找到了賽爾特人留下的一個古老的寶藏。經過迅速調查後，會得出結論說這個金條是新鑄的，並不是在這裡挖掘的，賽爾特人並沒有這麼多金條——不然的話，這地方早該是一座豪華大城市了。」

「你這個無知的女孩，」地主說，「我們將原封不動地把金條拿到一家銀行去兌換，然後大家分錢。」

「這就是第二件事。市長拿著這十根金條去銀行，把它換成錢。銀行固然不會像問我們一樣問去市長，畢竟市長是當官的，所以銀行只會要求出示買金文件。市長就說沒有，就說——正如他夫人所說——那上面不是有政府印記嗎，那假不了。上面還有日期和流水號呢。

「而這時候，給我們金條的人早已遠離此地。銀行出納會請他等一等，因為儘管認識市長，而且知道他是正人君子，但他們得有授權才可以提取大額款項。於是他們開始追問金條的來源。市長就說是一個外國人送的——總之，我們市長是個聰明人，對答如流。

「於是，出納就跟經理說了，經理雖說不懷疑什麼，但他是個拿人薪水、不想冒無謂風險的人，於是就和總行通話。那裡沒人認識市長，而且任何大筆提款都被視為可疑，他們說要等兩天，要確認金條來源。然後他們會發現什麼呢？發現這金條是贓物，或者懷疑是某個毒品組織買下來的。」

她停頓了一會兒。她第一次想要拿金條時的害怕現在變成所有人的害怕了。一個人的歷史就是全人類的歷史。

「因為這金條有流水號，有日期。其實是很好認定的。」

大家都朝外國人看去，但他無動於衷。

「問他也沒用，」香塔兒說，「我們本來應該相信他說的是實話，但一個讓別人去犯罪的人不值得信任。」

「我們可以立刻把他抓起來，直到金條變成錢。」鐵匠說。

外國人用頭朝旅館老闆娘方向示意了一下。

「不能動他。他應該不乏很有力的朋友。他當著我的面給不少人打過電話，還訂了機票什麼的。如果他消失了，他們就會知道他被綁架了，就會來維斯科斯找他。」

香塔兒把金條放在地上，然後走出射擊區。其他女人也出去了。

「如果你們願意的話，可以開槍。但是，我知道一切是這個外國人設下的圈套，所以我不參與這罪行。」

「你什麼也不知道！」地主說。

「如果我沒說錯的話，市長不久就會身陷囹圄，會有人來維斯科斯調查他是從哪裡偷來這些金條。會有人出來解釋的，但不會是我。

「而且，我保證會保持沉默，我只會說我不知道。此外，我們大家都了解市長，不像那個外國人，他明天就要離開維斯科斯了。市長可能得要獨自承擔罪行，說是從一個來這待了一週的人那裡偷來的。他將被我們所有人視為英雄，罪行永遠不會被發現，我們將繼續過我們——不管怎麼說吧——沒有那些金條的生活。」

「我會這樣做的！」市長說，他心裡清楚這些都是這個瘋女人的憑空想像。

這時，聽到第一聲獵槍打開的聲響。

「請相信我！」市長叫道。「我接受這個冒險！」

但是，回答他的是另一聲，又是一聲，好像有傳染性似的，一聲接一聲，幾乎所有的獵槍都打開了。什麼時候可以相信政治家的許諾？只有市長和神父的槍還是合著的準備射擊；一支對著普里姆小姐，一支對著貝爾塔。但是那個砍柴人——就是剛才計算擊中老太太身體鉛粒數目的那位——把發生的一切都看在眼裡，這時他走上前去，從兩人手中奪下槍：市長沒有瘋狂到只是為了復仇而殺人，神父不會用槍，不知會打到哪裡去。

普里姆小姐說得有理：相信別人是很冒險的。突然間，大家好像已經察覺到這一點，因為群眾從最老的開始，直到最年輕的，都陸陸續續離開了這裡。

靜靜地，他們走下山坡，心裡試圖去想天氣、想要剪的羊毛、想要犁的田地、想要開始的打獵季節。什麼也沒發生過，因為維斯科斯是一個被遺忘在時間裡的村莊，日子每天都是一個樣。

每個人暗地裡都這麼想，那個週末不過是一場夢。

或者說是一場噩夢。

只剩下三個人和兩盞燈籠還留在空地上——其中一個人是被捆在石頭上睡著的。

「這些就是給你們的金條，」外國人對香塔兒說，「實際上，我沒有了金條也沒有了答案。」

「不是我們的：是我的。和丫狀岩石旁的金條一樣，是我的。你要和我一起去把它變成錢；我不相信你說的任何話。」

「你知道我不會照你說的去做的。至於你對我的蔑視：實際上，也是對你自己的蔑視。你應該對發生的一切心存感激，因為，當我向你展示金條時，我已經給了你可能更值錢的東西。

「是我強迫你做的，不要再抱怨什麼，而是堅定自己的立場。」

「你為人很慷慨。」香塔兒帶著諷刺的口吻說道。「從一開始，我大可以針對人類本性發表高論；雖然維斯科斯是個衰落的城市，但它曾有過光榮和智慧的過去。如果我還記得的話，我本來可以給你所尋找的答案。」

香塔兒走過去解開貝爾塔；她看見她的額頭受傷了，也許是由於剛才他們把她放在石頭上的緣故；但問題不大。現在的問題是要守到早上，等著她醒來。

「現在可以給我答案了嗎？」那男人問。

「應該有人跟你講過聖薩萬和阿哈巴的會面吧。」

「當然。聖人到他那裡和他談了一會兒，結果那個阿拉伯人最後改邪歸正，因為他看到聖人比他有勇氣。」

「就是如此。只是在睡覺之前，他們談了一會兒，不過阿哈巴可是在聖薩萬踏進他家的那一刻起就開始磨匕首。他確信世界是他本人的反射，他決定去挑戰它，於是他問道：

「『如果今天來這裡的是一個在城裡到處閒逛的漂亮妓女，你能想像她不漂亮不誘人嗎？』

「『不能。但我可以控制自己。』聖人回答道。

「『如果我給你很多金幣讓你放棄隱居山林的生活來和我們在一起，你能視金子如石頭嗎？』

「『不能。但我可以控制自己。』

「『如果有兩個兄弟來找你，一個討厭你，一個視你為聖人，你能對他們一視同仁嗎？』

「『雖然難過，但我也能控制自己。』」

香塔兒停頓了一下。

「人家說這次對話對阿哈巴的改邪歸正至關重要。」

外國人不需要香塔兒為他解釋故事；薩萬和阿哈巴有同樣的直覺——善和惡為他們而戰，就像為地球上所有的靈魂而戰一樣。當阿哈巴明白薩萬和他一樣時，也立刻明白自己也和薩萬一樣。

一切都取決於控制的問題。取決於選擇。

除此之外，別無其他。

香塔兒最後一次看了看山谷、高山、兒時常去的樹林，她感覺到口中有晶瑩的水味，新鮮的青菜味道，當地上好葡萄釀造的葡萄酒味，居民把酒小心保存起來，為的是不讓遊客發現——因為產量太少，難以出口到其他地方，而錢能使酒製造商改變主意。

她回來只是為了向貝爾塔告別。她穿著平時的衣服，因此沒人會察覺她才到附近城市走了一遭，就變成富婆了：外國人已事先安排好了一切，已簽好轉讓金條的文件，並安排好了賣金條的事，然後把錢存入普里姆小姐的戶頭裡。銀行出納過分謹慎地看了看他們倆，問了交易上必問的問題之後就不再追問。但是香塔兒確信那個男出納一定想過：他面前站著一個成熟男人的年輕情人。

「多美妙的感覺呀。」她回味了一番。那名出納一定會想，她在床上的本事一定很好，值得那麼一大筆錢。

她和一些居民擦肩而過；沒人知道她要離去，大家和她打招呼，好像什麼事也沒發生，好像維斯科斯從沒接待過魔鬼的來訪。她也和他們打招呼，假裝著這天和她生活中其他日子沒什麼不同。

她尚不熟悉由於發現自我所改變的一切；但是她有時間去學習。貝爾塔還坐在家門口——這已經不是為了監視惡，而是因為她在生活中不知道還能做什麼。

「他們要為我建一座噴泉，」她說，「這是我沉默的代價。不過，我知道這座噴泉不會持續多久，也不會給很多人解渴，因為維斯科斯從某種意義上來講已經被判決：這不是由於一個魔鬼曾出現在此，而是因為我們所經歷的那段時間。」

香塔兒問噴泉是什麼樣子，貝爾塔的構思是水從一個太陽中噴出來，噴到一個蟾蜍的口裡——她是太陽，神父就是那隻蟾蜍。

「我在解除他對光的渴望，泉在我在。」

市長曾抱怨過經費問題，但她不理會，現在他們沒有其他選擇，工程定在下週開始。

「而妳，我的孩子，終於要去做我建議妳做的事情了。有一件事我可以說，完全肯定地說：生命可長可短，完全取決於我們過的方式。」

香塔兒笑了，並親吻了她，然後，永遠地——把背轉向了維斯科斯。老太太言之有理：雖然她希望長命百歲，但白駒過隙，時不我待。

二〇〇〇年一月二十二日十一點五十八分

譯註

①奧爾穆茲德：（約西元前七—前六世紀，古代波斯宗教的改革者所羅亞斯德創建的）所羅亞斯德教中善的化身，光明神阿胡拉・瑪茲達的希臘名。

②阿里曼：所羅亞斯德教中惡的化身，黑暗神安格拉・曼紐的希臘名。

③見《聖經・創世記》第二章第十七節。

④見《聖經・創世記》第三章第二十二節。

⑤本書作者有時稱其為「村」，有時稱其為「鎮」或「城市」。原著用法不一。

⑥賽爾特人：西元前一千年左右居住在歐洲萊茵河、塞納河、羅一爾河流域和多瑙河上游的部落集團。語言屬印歐語系賽爾特語族。西元前六世紀到西元初期間，創造了拉登文化，能製造陶器和精美的金屬品，如鐵製武器、青銅與金製裝飾品。

⑦迪倫馬特（Dürrenmatt, 1921-1990）：瑞士劇作家和小說家。主要劇作有《密西西比先生的婚事》、悲喜劇《老婦還鄉》、現代道德劇《物理學家》等。

⑧係指《聖經》故事中的「撒旦」。

⑨見《聖經．約伯記》第一章第七節。

⑩亞伯拉罕：聖經故事中猶太人的始祖。〈創世記〉記載猶太民族的形成，始於亞伯拉罕帶領其部族自迦勒底的吾珥遷居迦南（今巴勒斯坦）。

⑪以利亞：《聖經》人物。據〈列王紀〉記載，他曾奉耶和華之命，斥責以色列亞哈崇拜異教，虐待百姓，施行了不少神奇事蹟，最後乘旋風升天。

⑫大衛：古以色列王國國王。在位時曾多次打敗強鄰，受到民眾愛戴。

⑬施洗約翰：基督教聖經故事人物。據《聖經》福音書載，他在耶穌傳教以前，即勸人悔改，並在約旦河為人施洗，也曾為耶穌施洗，後因指責猶太王希律而被斬首。

⑭保羅：《聖經》中初期教會主要領袖之一。據《新約全書》記載，他起初迫害耶穌門徒，後相信耶穌，將基督教傳到小亞細亞和希臘、羅馬等地。

⑮彌達斯：希臘神話人物。貪戀財富，曾求神賜給他點物成金的法術，於是酒神狄俄尼索斯把點金術傳給他。他到處點金，甚至把女兒和食物也點成了金子。這樣無法生活，他再次向神祈禱，一切才恢復原狀。

譯後記

事隔一年多，能再次讀到並翻譯保羅．科爾賀的作品，而且是新作，甚感高興，因為我得以再次感受他書中那流暢的語言、變幻莫測的情節、深入淺出的哲理、轉換自如的時空、人物性格和淋漓盡致的心靈描寫……動中有靜，靜中有動，亦真亦幻，亦實亦虛，現實與幻覺時隱時現，外在與內心時合時離，真實與虛偽交替出現，世事與神話融為一體，波瀾而不驚，跌宕而不眩暈。

《魔鬼與普里姆小姐》是三部曲之一，這三部曲還包括已經翻譯成中文的《我坐在琵卓河畔，哭泣》和《薇若妮卡想不開》。這是一部描寫人類本質、善與惡、天使與魔鬼、世事與夢想、天堂與地獄的作品，當然，他有他的環境，他有他的文化背景，他有他對客觀世界的認識，他有他的精神境界，但就其對事物的表達和認識而言，可謂入木三分。保羅是個豐產作家，他的創作節奏和激情、他那駕馭語言的能力、他那奇妙的構思、他那深邃思想的表達，讓人讚歎。他寫山寫水，寫人寫物，寫情寫景，寫天上寫人間，寫神寫鬼，寫心靈肉體，寫哲理生活，相得益彰，揮灑自如，出神入化，恍若一切就在我們眼前。

他的語言精細且平穩簡潔，寫的都是我們能理解且熟悉的人間悲歡離合的常事，雅俗共賞，因此反而不好翻譯，怕不盡人意。但不管怎樣，一如往常，我盡力而為，努力再現保羅書中的風格、筆觸、節奏、情感、哲理、風采，讓讀者隨著他的思想去遨遊現實與虛幻的世界。

譯者二〇〇二年一月於北京

推薦序

魔鬼進來的地方

許榮哲—華語首席故事教練

先說一個關於天使的故事。

一老一少，兩個天使，在人間旅行。

某天，老少天使向吝嗇的地主借宿，地主把他們當乞丐，安排了舊馬房給他們。

隔天離開時，老天使順手將牆上的一個破洞補了起來。

小天使看了，非常不開心，他認為壞人應該得到報應，而不是獎賞。

幾天後，老少天使向一位農民借宿，農民熱情的將自己的房間讓出來給他們。

隔天離開時，老天使順手帶走農民家唯一的財產，一頭老黃牛的命。

這下子，小天使氣壞了，為什麼好人沒好報？壞人反倒有獎賞？

請容我賣個關子，帶著疑惑繼續往下走。

以上是天使的故事，底下就是魔鬼的故事了。

某天，一個陌生的中年男人（身旁跟著一個魔鬼）帶著十一根金條來到二百八十一人的小鎮。中年男人挑中一個年輕女孩，跟她玩起了一場人性大考驗的遊戲：規則是這樣的——

如果女孩想要金條，她只要去偷就行了，不過她就犯了「偷」罪。

如果小鎮的人想要金條，那麼他們只要殺一個人就行了，不過他們就犯了「殺」罪。

在金條的誘惑下，如果女孩不偷、小鎮不殺，那麼就是人性本善，反之就是人性本惡。

中年男子想要證明人性本惡，因為他一輩子奉公守法，自認是個大善人，然而最後卻落得妻女慘遭殺害的厄運。

厄運招來魔鬼，中年男子想證明自己的厄運不是特例，人人都會有那麼一天。時間只有七天，魔鬼與天使的戰爭開始了，以上是《魔鬼與普里姆小姐》這本書的規則設定。

加拿大傳奇民謠詩人李歐納·柯恩，有兩句歌詞被廣為流傳：「萬事萬物都有裂縫，那是光進來的地方。」

這兩句話充滿了正能量，同樣的句型，我幫它轉個方向，這句話就變成了「每個人都藏著渴望，那是魔鬼進來的地方。」

一個轉向，正能量立刻變成負能量。

小說裡，中年男人的渴望，為他招來了魔鬼，帶來了十一根金條的人性大考驗遊戲。

至於小鎮的渴望，則是讓他們變成了魔鬼，彼此激烈的辨證，殺掉哪一個人，所付出的代價最小。

所有人都倒向魔鬼那一方了，只有年輕女孩的身旁還有天使。

天使與魔鬼終須一戰。

在魔鬼的遊戲規則裡，即使最後能夠勝出，大多也是慘勝，所以最好的策略是「跳出別人的規則，訂出自己的規則」。

關於自訂規則，我最喜歡用「桌遊」來舉例。

所謂桌遊，就是「運用若干規則，讓配件有效的運作起來」。

想像一下撲克牌遊戲，規則就是玩法（接龍、撿紅點等），配件就是牌卡。

從這個角度來看，魔鬼的人性大考驗就是一款桌遊，它運用若干規則，讓配件（年輕女孩、小鎮）有效的運作起來。

當魔鬼成了規則，你就會淪為配件，規則驅動配件，而魔鬼控制了你。

二選一，不是規則，就是配件。

所以想在遊戲中取勝，最好的方法不是努力，而是跳出來自定規則，好讓魔鬼淪為配件。

「認知行為療法」告訴我們：思考影響感覺，感覺影響行動。

正常狀況下，思考、感覺、行動，三者會保持一致，然而當外力介入，造成三者的不一致，人便會開始覺得難受、不舒服，也就是心理學上的「認知失調」。

例如小說裡，遭魔鬼控制的中年男子，因為奉公守法而造成妻女慘遭殺害。從此，他的思考、感覺、行動出現了不一致，於是他無比痛苦，簡直就要瘋了。這時，魔鬼出來，他幫中年男子採取行動——好證明自己的厄運不是特例，因為人性本惡，大家都一樣，自己並不是特例，那麼痛苦將變得比較能夠忍受。

注意到了嗎？

魔鬼的出現，是來幫忙的，他讓痛苦的人，思考、感覺、行動，再次的一致起來。否則失去妻女的痛，會讓他瘋狂。

魔鬼的出發點不算壞事，但是他採取的行動會造成壞事，那麼我們究竟該怎麼辦？

還真的有解法！

這是《魔鬼與普里姆小姐》這本書讓我最驚嘆的地方。

最後，讓我們回到故事的最初，老少天使。

老天使笑了笑，告訴小天使，補洞是因為老天使看見馬房的牆裡有寶藏，他不想讓地主發現寶藏。

至於為什麼要帶走老黃牛的命？

因為當天晚上，死神前來取農民小孩的命，於是他轉了一個彎，讓死神帶走已經很老的黃牛，救了農夫小孩一命。

老天使最初也是小天使，他本能的想處罰壞人，獎賞善人。但幸好他控制住自己，轉了一個彎，另作選擇，不讓惡人有善報，不讓善人得惡報，也就是「善無惡報，惡無善報」。

相反的，如果不知控制，沒有選擇，一路的「善有善報，惡有惡報」。有一天，小天使會赫然發現自己長出魔鬼的臉。

人生那麼長，厄運難免，該如何讓思考、感覺、行動，三者保持一致？

天使作出選擇，他從思考下手；而魔鬼沒有選擇，他採取了行動。

年輕的時候，我深深被保羅．科爾賀《牧羊少年奇幻之旅》裡，那個追求天命的故事所吸引。如今，看到《魔鬼與普里姆小姐》，我有一種故事裡的中年男子，其實是從少年走向中年的牧羊少年。

那一年，牧羊少年追求天命。如今的牧羊中年，滿身傷痕，他想看穿人的本質。

從少年到中年，作者的寓言之筆一樣迷人，跟著兩個主角走完小說的旅程，我每每都有一種瞬間多活了十年，充滿歷練的人生之眼。

許榮哲

藍小說333

魔鬼與普里姆小姐（二十週年紀念新版）

作　者—保羅・科爾賀
譯　者—周漢軍
編　輯—黃子萍
美術設計—蔡怡欣
內頁排版—邵麗如
總 編 輯—嘉世強
董 事 長—趙政岷
出 版 者—時報文化出版企業股份有限公司
108019臺北市和平西路三段二四〇號三樓
發行專線—（〇二）二三〇六六八四二
讀者服務專線—〇八〇〇二三一七〇五・（〇二）二三〇四七一〇三
讀者服務傳真—（〇二）二三〇四六八五八
郵撥—一九三四四七二四時報文化出版公司
信箱—（一〇八九九）臺北華江橋郵局第九九信箱
時報悅讀網—http://www.readingtimes.com.tw
電子郵件信箱—liter@readingtimes.com.tw
法律顧問—理律法律事務所　陳長文律師、李念祖律師
印　刷—勁達印刷有限公司
二版一刷—二〇二二年十月七日
定　價—新臺幣三二〇元
（缺頁或破損的書，請寄回更換）

時報文化出版公司成立於一九七五年，
並於一九九九年股票上櫃公開發行，於二〇〇八年脫離中時集團非屬旺中，
以「尊重智慧與創意的文化事業」為信念。

魔鬼與普里姆小姐（二十週年紀念新版）/ 保羅.科爾賀(Paulo Coelho)著；周漢軍譯. -- 二版. -- 臺北市：時報文化出版企業股份有限公司, 2022.10
面；　公分 . –（藍小說；333）
譯自：*O demônio e a Srta. Prym*
ISBN 978-626-335-768-6（平裝）

885.7157　　111011995

ISBN 978-626-335-768-6
Printed in Taiwan